LA MAISON ZHM

Je vivais dans un appartement au quatrième étage d'une ville dont j'épiais de biais les bâtiments, du balcon. Je me sentais bien dans mon cube, un immeuble dont la cage d'escalier grise aux grandes vitres courbées faisait penser à un paquebot dont j'empruntais les couloirs, chaque soir, pour rentrer. J'avais échoué là de manière classique, en choisissant un appartement après une rupture dans une fin de jeunesse où tout me semblait provisoire, et j'y étais maintenant installée depuis des années. Ma vie avait tous les avantages et un seul inconvénient, ma bouillotte était percée et j'avais froid la nuit. Je me réveillais pour constater que la peau grumelait à l'arrière de mes cuisses, la chair de poule se propageait et moi, je ne pouvais que serrer un peu plus mes genoux contre mon torse.

À part cet angle mort, j'étais parée d'un travail intellectuel, très digne, selon les jours morne ou passionnel. J'oscillais dans un triangle assez petit, dans une ville assez grande. Le travail, la barque de mon lit et l'îlot de mon bar, trois lieux auxquels s'ajoutait maintenant l'Ehpad de périphérie où on avait placé ma grand-mère après un premier séjour à l'hôpital.

Sa chute avait été spectaculaire. Bien plus spectaculaire encore depuis le passage à l'hôpital. C'est à cette occasion que j'avais d'abord décidé d'aller la voir. Je grimpai dans le train qui me ramenait dans ma ville d'origine en ayant en tête les mots de sa dernière lettre, écrite plus d'un an auparavant. La lettre commençait ainsi :

*Dans tout ce noir qui me baigne,*

Ce bout de phrase d'une lettre laissée sans réponse tournait désormais comme un ver dans ma tête. Je regardais le paysage défiler en pensant à ma frêle grand-mère en son salon, écrivant cette ligne, et l'obscurité comme une substance liquide coulant de ses doigts, une fumée remplissant ses orbites. C'était l'hiver, les arbres étaient brumeux, mais la lumière était blanche. À l'hôpital, ce jour-là, ce serait tout de suite autre chose que cette mélancolie, quelque chose dans le noir, et au-delà.

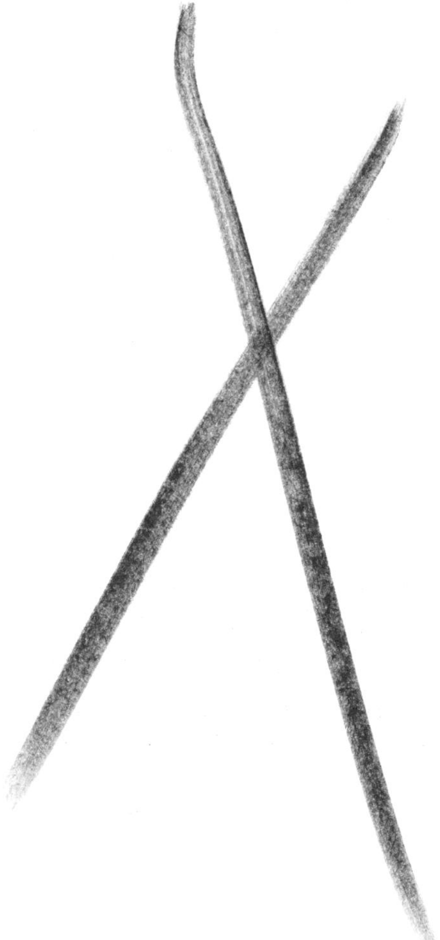

# 1

Venue pour la première fois rendre visite à ma grand-mère, j'avançai vers la lourde porte au bout du couloir blanc. Le lieu était désert. Le fronton indiquait ZHM.

Des bruits me parvenaient dont je ne compris pas tout de suite l'origine, puis, pas après pas, j'entendis qu'on frappait à la porte, de l'autre côté. Les coups se faisaient de plus en plus forts à mesure que j'approchais, si nombreux et précipités que je ralentis devant leur violence. Une foule invisible est là, à quelques centimètres, vibrante et chuchotante. Je crois qu'elle se presse derrière les battants. Je m'immobilise au son des voix que j'entends distinctement gémir, appeler, jusqu'à ce qu'une phrase, simple, se détache, reprise et répétée par une multitude. « On nous a oubliés. » La rumeur monte, les coups redoublent au point que je me demande s'ils sentent ma présence, si quelque part derrière cette porte mes pas résonnent comme ceux d'un geôlier.

Je me retourne, cherchant la silhouette rassurante d'une infirmière, de quelqu'un, mais je suis complètement seule devant l'entrée. Tout est normal, silencieux. Plantée debout, j'entends les coups retentir face à moi, dans cet espace dérobé où je dois maintenant entrer. Mais je n'entre pas.

Je découvre un moniteur placé en hauteur, à droite de la porte. Une caméra de surveillance en noir et blanc me montre les silhouettes de deux êtres décharnés qui tapent, de toute leur énergie, contre les battants fermés. Ils parlent entre eux, d'un air de panique et de révolte. « Ce n'est pas possible, ils vont revenir, hé ! Venez ! On nous a oubliés ! Nous sommes enfermés ! » Ils se tiennent l'un à l'autre, lancent des coups de pied. Dans le couloir désert, tous les voyants rouges de l'esprit s'allument. On m'a appris ailleurs ces silhouettes, ces cris de désespoir. Alors que je dois entrer, alors que je reste immobile, la minuscule émeute fait trembler les battants.

Et les situations commencent à glisser, l'une dans l'autre.

Je frissonne en reconnaissant tout à coup ma grand-mère dans l'une de ces ombres frêles, sur l'image trouble du moniteur. Elle tape de ses petits bras énergiques, indignée, s'adressant à un homme que je ne connais pas. Puis je la vois se pencher sur cet homme et chuchoter comme une conspiratrice, excitée, dans un air de ligue et de confidence. Les deux prisonniers s'éloignent. Je reste un instant pétrifiée.

La lourde porte s'ouvre après que j'ai appuyé sur un bouton, puis se referme derrière moi.

***

Derrière la porte, ma grand-mère a disparu. Je pars à sa recherche. Un vieillard vient à ma rencontre, me demande d'un air cordial pourquoi on l'a enfermé ici. Il y a dans ses yeux un égarement d'agneau. Comment je suis arrivé là ? Il s'appuie à mon bras – ses jambes s'affaissent sous ses pas. Madame ? Sa voix monte. Qu'est-ce que je suis en train de faire ? Son ignorance et ma stupeur tombent sans cesse l'une dans l'autre. Je serre fort sa main et de l'autre m'appuie au mur.

***

Je retrouve ma grand-mère dans une chambre vide qui n'est pas la sienne. Je la reconnais de dos. Le front contre une fenêtre, elle tape faiblement à la vitre, cherchant à attirer l'attention d'une famille qui se promène, avec une poussette, dehors, le long de la pelouse. Ses petits doigts tapotent, hé ! hé ! venez... on nous a oubliés ! venez nous ouvrir ! on est enfermés... Dehors, les enfants courent derrière leurs parents. Moi, je m'avance doucement dans son dos. Alors que je me penche vers elle, son profil me dévoile un œil de condamnée.

Je pose une main sur son épaule. Quand elle me voit, son regard se remplit d'une gratitude et d'un soulagement sans bornes. Je vais lui sauver la vie. Je suis venue la sortir d'ici.

Au sortir de cette première visite à l'hôpital, je n'étais déjà plus la même : j'avais découvert un dedans dont j'étais le dehors. Ma grand-mère non plus ne serait plus la même : premier arrachement, ce séjour que nous croyions initialement temporaire devait la faire basculer dans autre chose, une série de déracinements successifs dont la prochaine étape était l'Ehpad. La vie de l'Ehpad que ma grand-mère avait intégré semblait plus douce, plus réglée, moins précaire en tout cas que celle de l'hôpital, puisqu'il était clair que nous avions ici affaire à une « ultime demeure ». J'avais décidé d'aller la voir le plus souvent possible, le week-end, par ce train où je m'asseyais en attendant qu'apparaissent les montagnes, ses montagnes, comme elle aimait à les appeler, ces montagnes tour à tour opprimantes et enveloppantes, telles que je les voyais.

*Dans tout ce noir qui me baigne,*

pensais-je en regardant par la vitre le train s'enfoncer dans le bleu et le gris des grosses ombres statiques. Faut-il être lugubre pour aimer un tel paysage ? Pourtant c'était un sourd réconfort que je ressentais chaque fois que nous quittions la morne plaine, et puis quelque chose comme un souffle ascendant, une vague excitation, à la vue de la roche. Depuis la gare, je prenais un tram qui traversait la ville jusqu'à la périphérie. C'était l'hiver, je croisais des étudiants en route vers le campus sous leurs bonnets à pompon. Me voilà de retour chez les anoraks, pensais-je avec un mélange de snobisme et de soulagement.

***

« Je mène une vie de chatifon », dit ma grand-mère.

Il me semble qu'elle ne pourrait pas parler plus clairement, alors que je l'accompagne dans la salle commune de l'Ehpad, où je la retrouve ce jour-là les épaules plus voûtées qu'à l'accoutumée, apparemment lucide et visiblement désœuvrée. Elle qui a toujours puisé son courage dans l'énergie qu'elle déployait porte sur sa nouvelle vie un regard désenchanté, désapprobateur plus encore que désarticulé. Ma grand-mère est un misérable patachon qui se traîne toute la journée avant de veiller sans répit dans la noce de la folie, prise dans un devenir-chiffon, un devenir-torchon dont l'envers est la démence, la surexcitation.

Chatifon, ma grand-mère me mène dans la salle commune où apparaît devant mes yeux la petite société ZHM. Je m'installe à la grande table où se tiennent plusieurs pensionnaires, autour desquels s'affairent, comme dans un ballet, trois aides-soignantes. D'autres malades sont assis dans la pièce, certains ont de la visite, et d'autres encore déambulent, comme des balais menés par une très vieille main hésitante.

Devant moi un homme est là qui donne le goûter à sa femme. Lui-même est avancé dans la vieillesse, visiblement mal en point, et sa femme ne prononce plus un mot. Leurs grosses mains de paysans reposent sur leurs genoux la plupart du temps, et j'essaie d'admirer discrètement ce qui les unit – cette peau, cette pose, une qualité de présence commune et intègre, une qualité de silence qui rendrait presque impossible de savoir lequel des deux est malade. À ma droite une femme réclame à hauts cris, sans cesser une seule seconde, que quelqu'un vienne lui tenir la main, lui parler, la nourrir, la réchauffer, pendant qu'une autre au grand visage ouvert m'accueille en souriant bonjour, bienvenue, avec une joie vierge et tranquille, et en effet j'entrais, moi l'inconnue, dans sa maison.

Astres plus ou moins déclinants, plus ou moins éteints, autour de la table, certains portant la cuiller à leur bouche avec une lenteur gravitationnelle, la main suspendue comme un satellite, d'autres bouillonnant d'une force tellurique dans leur corps tremblant. Et plus je m'installais dans cet univers fragile, plus je voyais la brillance de certains, leur magnétisme.

***

« Madame. »

Une main se tend dans la salle commune.

« Madame Madame Madame Madame. »

Cette main se tend vers moi, vivante, presque dansante. Elle m'appelle, et comme je viens vers elle, saisit mon poignet.

« Madame, je veux de l'eau. »

Au moment où je m'apprête à partir chercher le verre d'eau, elle me serre de plus belle, et une deuxième main se referme sur mon avant-bras.

« Madame Madame Madame Madame Madame Madame Madame Madame Madame. »

Je tente doucement de me dégager.

« Madame, est-ce que vous m'aimez ? Je vous aime. Est-ce que vous m'aimez ? »

Deux yeux me transpercent d'une absolue volonté.

***

Ainsi continua mon séjour, par un autre foudroiement. ZHM rase le temps au sol, tous les temps, balaie aussi peu à peu les idées, les idéologies, la structure sociale, mais conserve le noyau indéfectible de la personne – elle l'exalte, même, tant et si bien que certains des pensionnaires avaient ce qu'on pourrait appeler une « putain de personnalité ». Cependant, leur singularité même était impersonnelle : pour ainsi dire, elle ne les regardait pas.

Alors je m'installais dans la salle commune et, de plus en plus souvent, je restais là à les regarder, moi qui n'avais plus grand-chose d'une petite-fille en visite à sa grand-mère. Déjà, sans que je m'en rende compte immédiatement, la croûte se craquelait : peu à peu il n'y aurait plus de petite-fille, plus de grand-mère. Pour l'instant, je comprenais simplement que ces visites plaçaient très loin, dans une autre réalité ou un autre temps de l'histoire, celles que je faisais enfant à mon arrière-grand-tante, traînée par ma mère, avec ces mamies qui me pinçaient les joues et jouaient au loto dans la cour d'une maison de retraite qui me faisait penser à la cour de l'école. Elles roucoulaient en nous voyant arriver, mon cousin et moi, et dans leurs yeux s'allumait comme une lueur gourmande qui faisait frissonner ma chair fraîche. Une fois gavés de bonbons, nous passions, avec le couz, notre après-midi à bâiller d'ennui à côté de la femme au regard vide que nous avions toujours connue sous cette forme. Mais ces mamies semblaient avoir été mises là pour une très longue récré, et encore aujourd'hui je pouvais me fier à cette impression. ZHM créait autre chose, une autre institution, pour laquelle je n'avais pas encore d'image ou de nom. Ma grand-mère aussi, pourtant, accueillait ses visites avec délectation.

***

J'embrasse ma grand-mère, qui a été ravie dès qu'elle m'a vue dans une sorte de royaume amoureux. Elle prend ma main, la pose contre sa joue avec un doux transport, me regarde avec une joie qui est à peine de ce monde. Ses gros yeux translucides roulent dans leurs orbites, elle glousse de contentement, ses lèvres claquent de baisers. Je ne peux pas nommer autrement que paradis l'endroit dont elle tente de m'ouvrir la porte. Il y a de la séduction dans les formes nues de sa joie, son regard terriblement confiant m'entraîne dans un chavirement ambigu. Elle m'attire peu à peu dans son monde de sentimentalité pure, où il me semble entendre résonner les mots d'un autre temps, d'un rêve ancien d'être ensemble, chérir, languir, plus anciens encore peut-être. Ma grand-mère me charme à la manière d'un bébé, sa tête ridée dodeline pour fêter ma présence, m'offrir silencieusement ce que toute sa vie elle a exprimé par les mots de chérir, languir, un espoir désormais vécu au présent. Je me laisse captiver par son babil, je la caresse, trébuche un instant dans son extase. Elle m'offre la possibilité inhumaine, insupportable, de remonter un temps de la conscience, de pénétrer de nouveau la dimension bannie de l'inséparé. Je m'arrache à grand-peine à son royaume pour aller lui chercher une compote.

Quand je reviens, elle est cependant parvenue à ses fins. Au fond de son monde sans parole, elle a attiré quelqu'un. Ma mère et ma grand-mère sont assises face à face, je vois leur profil se détacher, leurs deux petits visages triangulaires et enfantins dessinés par la frange, comme dans un miroir morbide. Leurs regards solidement amarrés l'un à l'autre, attachées à la même ancre, elles sombrent ensemble dans ce monde sous-marin qu'on ne peut pas appeler du nom d'amour. Ma mère caresse les cheveux de ma grand-mère, qui la regarde avec une adoration déchirante. Elle a accepté l'étreinte muette de son regard, et la voici prise dans les boucles du déchirement et de la tendresse. De la tendresse plus grande du fait du déchirement, du déchirement plus grand du fait de la tendresse. Et pendant qu'elle lui donne sa compote à la cuiller, que ma grand-mère avale sans quitter sa fille des yeux, je me dis que c'est encore là une blague du temps jouée par ZHM : la boucle bouclée de la vie, de la mort, de l'enfantement et de la maternité, du besoin et de la contrainte, de la souffrance et de l'amour.

Pourtant j'ai dit : qu'on ne peut pas appeler du nom d'amour : amour est latitude, amour est le lieu d'une respiration. Sans doute. Mais ce n'est pas là le langage parlé par les pensionnaires de ZHM, qui, rendus à une solitude prénatale, n'ont de répit que dans le lien. Quiconque ayant fréquenté ces maisons sait qu'il y a un assaut des malades : qui te touchent, te saisissent, te parlent, t'appellent et te supplient jusqu'au cri, parfois jusqu'à la violence. Leurs sollicitations articulées, muettes ou incompréhensibles font partie de l'expérience de qui pousse la porte, attiré dans une familiarité insoupçonnée avec ces vieux inconnus. ZHM énonce un besoin qui dépasse la survie primaire, dont les pensionnaires n'ont peu à peu plus aucune notion, sans bien sûr parler des convenances sociales : ils parlent d'un premier besoin du corps et de l'esprit, celui de pouvoir toucher quelqu'un à l'intérieur de leur monde, et d'être touché et compris par lui.

Aucune personne humaine ne t'est inconnue à ce stade.

***

En traversant le couloir ZHM pour arriver jusqu'à la salle commune, je croise toujours au moins un pensionnaire en errance. Poignée de main.

« Bonjour.

– Bonjour.

– Vous avez bu les fourbis dans la garnage ?

– Oui.
– Bonjour.
– Bonjour. »

Poignée de main. Saluer son prochain : et voilà la personne. Toucher quelqu'un à l'intérieur de son monde, donc, et être touché par lui.

***

Mais leur monde s'effrite et disparaît à chaque instant. Ou alors il est situé dans une zone intouchable, qui se déplace constamment. Sans monde, pas de lien. Sans lien, pas de monde. Et pas de langage au-delà du monde.

« *Tasukete.* » Cela me fait penser à une histoire de fantômes. Dans les plus beaux films de fantômes, les films de Kiyoshi Kurosawa, par exemple, la chose la plus terrifiante n'est pas la mort, l'existence d'un au-delà, le fait qu'il y ait des fantômes, quelle que soit la forme qu'ils prennent. Ce qui est véritablement terrifiant, c'est que le fantôme est seul, seul et perdu dans la mort, privé de monde. Il y a la perspective que ce soit cela, la mort, une éternité d'égarement et de solitude, dans une âme errante, dans un corps qui n'est plus un corps. Le fantôme habite un infini incommunicable, à vrai dire il n'habite rien d'habitable à proprement parler. Et de ce fait les fantômes veulent quelque chose, ils ont faim. Ils cherchent à établir un lien. À être intégrés dans un monde.

C'est aussi la raison pour laquelle les fantômes non plus ne peuvent pas faire société (je me rappelle en effet que, petite, je me demandais souvent pourquoi ils ne pouvaient pas simplement être amis *entre eux* !). La preuve que l'au-delà n'est pas un monde. Ces pensionnaires, de la même manière, ne deviennent pas des amis.

***

Le soir, je rentre chez moi. Je jette mes clés sur la table, ouvre mon frigo et mon ordinateur, mange une tartine, me mets pour la énième fois à regarder *Kairo*.

« *Tasukete* », chuchote le fantôme.

L'ectoplasme s'efface, grésille. Il sort à peine de l'ombre et court droit devant lui, droit devant nous, avec une lenteur effroyable. Une infime distorsion de sa jambe, inexplicable, lui fait perdre l'équilibre. Puis il se reprend, recommence. Encore et encore.

« *Tasukete* », chuchote le fantôme alors que son visage se tend pour apparaître, alors qu'il s'apprête à disparaître. À l'aide.

Et ma grand-mère tapote contre la vitre.

Les arbres filaient par la vitre du train, je regardais le temps s'arrêter dans l'espace englouti par la vitesse. J'avais toujours aimé ce petit prodige et remplissais mes yeux de taches vertes. Je me lavais de ma vie avant d'arriver dans cet endroit de vieillesse et de virginité, et quand je mettais pied dans la gare où à tout âge j'avais transité, je la voyais à nouveaux frais. Il y avait cette ligne parallèle à celle de mon quotidien, dont je m'apercevais avec stupeur, à l'âge adulte, qu'elle n'avait jamais cessé d'exister.

Dans la salle commune, les jours se répétaient. Si je ne venais pas pendant une semaine, je retrouvais ce monde tel que je l'avais laissé : la femme au grand visage ouvert m'accueillait avec la même joie tranquille, m'ouvrant les bras comme si elle me voyait pour la première fois, j'entendais dans la salle les échos d'un « Madame », cette pensionnaire affamée d'un contact qui tentait encore une fois le piège du verre d'eau, j'apercevais du coin de l'œil les deux vieux paysans assis, les mains sur leurs genoux, comme un monolithe percé des quatre meurtrières de leurs yeux, et d'autres encore, visages d'agneaux, visages de cendre. Si j'arrivais avant l'heure du goûter, je les trouvais en arc de cercle autour de la télé à regarder sur l'écran des animateurs aux cheveux suaves en train d'agiter leur bouche. Je n'ai jamais compris un traître mot de ce qu'ils disaient pendant que le corps des pensionnaires s'éteignait dans la lumière bleue et jaune dégagée par le poste ; ces derniers ressemblaient à des tuberculeux au sanatorium, yeux mi-clos, en léthargie sous les rayons. On ne savait plus de quel côté de l'écran était la mort.

Je pensais aux écrans allumés des hôpitaux, des maisons de retraite, des institutions psychiatriques, à ces cheveux luisants semblables à des perruques qui renvoient leur lumière sur les cheveux collés des vieillards, les cheveux gras des malades. Je regardais les bouches roses remuer, les bras des présentateurs s'articuler et je me demandais si ces gens savaient devant qui et pourquoi ils parlaient.

Je repartais vers la gare, mais la gare du départ n'était jamais celle de l'arrivée : je la voyais à peine, projetée vers un inévitable lundi matin ou plongée dans les ruminations du jour.

De retour chez moi, je fumais une cigarette à la fenêtre. Au quatrième étage de l'immeuble d'en face, une télévision était toujours allumée, tache bleue dans la nuit comme dans le jour. Dans les années où j'avais vécu là, je m'étais toujours dit qu'un jour ou l'autre je verrais quelqu'un apparaître, et pourtant personne n'était jamais apparu devant la fenêtre, seule cette tache bleue me confirmait que l'habitant du quatrième était toujours là, vivant dans mon temps sans le savoir. J'écrasais ma cigarette et rentrais me mettre devant l'ordinateur. Il m'arrivait de penser aux voisins qui, sans doute, me voyaient vivre comme je les voyais : la femme devant l'ordinateur, la femme sur le canapé vert, à la place des yeux une paire de lunettes dont les verres reflétaient sans cesse la lumière de l'ordinateur, deux éclats blancs où disparaissait un visage.

***

Sur le tard, j'abordai à l'îlot de mon bar. J'y trouvai les têtes quotidiennes, et cet habitué qui tous les jours ruminait sombre derrière son ordi ; enlisé dans les exigences de l'académie. Ses joues noircissaient avec les jours.

« Qu'est-ce qu'on boit ce soir ?

– Peu importe, un p'tit galo pour dire. »

Une barbe noire roussie, des yeux ronds, une tête penchée pensive dans un bomber deux tailles trop grand. Un ourson. Aujourd'hui l'habitué revenait d'une énième manifestation, et me la racontait par le menu. De la pointe de sa Doc Martens, sans la quitter des yeux, il traçait de petits ronds délicats sur le bitume. On en était à ce point de désespoir.

« À peine si on est partis. Au bout d'une heure, on était faits comme des rats. Pleuvait du gaz. Quelques slogans de courtoisie, juste pour la forme. Basta. »

Je lui racontai ma journée à l'Ehpad, la dame à l'eau, le pavillon fermé et ma mamie électrique.

« C'est un autre monde, tu ne t'imagines pas. Toute une petite société complètement jetée, les formes de folie qui s'organisent ou pas. C'est la quatrième dimension, là-dedans... »

Évidemment, je n'arrivais pas à m'expliquer. L'ami fixait ses Doc d'un air rageur. Le temps passait. Je m'enfonçais dans de fumeuses explications :

« Parce que le temps, tu vois, ce n'est pas le temps ! Une fois que tu es là, je crois que tu peux en avoir la preuve ! Je regarde cette vieille, je vois un enfant, et alors c'est qu'il a toujours été là ! Il n'est jamais parti, l'enfant, tu comprends ? »

Mon habitué continuait à faire des ronds de jambes en acquiesçant du bout des lèvres. Le temps passait. Nous fûmes un instant distraits par un étudiant-zombie sans doute venu des quais. Il marchait, l'air affable, un pied sur le trottoir et un pied dans le caniveau. Un peu de bave luisait aux encoignures de ses lèvres.

Toutes les fenêtres étaient allumées, mais plus personne à la maison.

« Y a plus qu'à partir d'ici, disait l'ami, aller donner un coup de main là où ça vaut la peine. Y a plus d'enjeu, là, il ne se passera rien.

– Mais non, on a de quoi faire, lui disais-je ! Regarde-moi un peu ça ! »

J'observais l'étudiant-zombie s'éloigner dans sa marche futile, toujours très affable, très concentré, la bouche légèrement ouverte et la mâchoire légèrement désaxée.

« Non, vraiment, disait l'ourson, les yeux dans le vide. C'est mort… »

Je le laissai à sa rêverie mélancolique. Quelques mètres plus loin, on entendit un cri. Le jeune bourracho était tombé sur un poteau. Je regardais mon huitième galo. L'ourson regardait ses Doc, les yeux ronds. Au loin, un nouveau groupe d'étudiants-zombies commençaient à refluer du fleuve. Je fus soudain prise d'un frisson de pitié universelle.

« Mais qu'est-ce qu'on va bien pouvoir faire pour tous ces étudiants d'école de commerce ? »

***

De retour chez moi, je traverse le couloir gris aux vitres en forme de paquebot, la clé tourne deux fois et je sursaute quand la porte se referme. Pas de verrous dans la maison ZHM, juste des codes dont aucun des pensionnaires ne peut se souvenir, comme une clé jetée au cœur de leur oubli. Ce détail m'avait fait l'effet d'une sorte de torture potentielle pour ceux qui se considéraient prisonniers. Alors que je passais sans but d'une pièce à l'autre de mon deux-pièces, les images des vieux pensionnaires défilaient derrière mes yeux.

J'allonge sur le lit une couverture supplémentaire et frissonne quand mes jambes glissent sous les draps. L'estomac est lourd. Ma vieille main se tend vers la lampe de chevet comme une plante vers la fenêtre, cherchant la lumière dorée. Elle trouve le carnet et le stylo par terre, et écrit :

*Petite mamie,*
*ta fin sera cette chute dans un*
*ultime recommencement*
*dont tu oublies que tu l'attends*

Puis, les yeux ouverts dans l'obscurité grésillante, c'est moi qui attends. Que les draps se réchauffent, que les cuisses cessent de grumeler, et aussi d'autres choses qui n'arriveront pas : à cette heure du coucher, depuis quelques mois, il y a comme un étonnement sourd dans mon corps. Quelque chose de suspendu dans ce temps abstrait qui est celui de ma solitude. Je remonte la couette sur mes épaules et comme chaque soir, allongée sur le dos, je pose une main sur mon cœur, une main sur mon sexe, et m'applique à fermer les yeux.

***

« *Tasukete.* » Le fantôme se reprend, recommence. Répète. Il saisit un verre à côté du verre, le porte à côté de ses lèvres. La commissure se déplace, glisse, investit latéralement un autre plan de l'espace, à l'écart de la joue. La langue se fige, elle semble se prendre pour le verre. Les lèvres cherchent la langue, ou le verre.

2

Les arbres filaient par la vitre du train, signe qu'un voyage était en cours, mais lequel ? Jour après jour, semaine après semaine, la situation de ma grand-mère se dégradait. Très vite, on avait commencé à l'attacher, et c'est assise et sanglée que je la trouvais en arrivant, sa taille d'enfant entravée. Comme un oiseau lié à une chaise. Impossible de savoir ce qui arrivait pendant les heures où nous étions absents, impossible de savoir depuis combien de temps elle était là, d'où venait tel bleu, comment elle avait mangé. Bien souvent, les soignantes que nous rencontrions semblaient exaspérées. Ma grand-mère ne faisait rien comme il fallait.

« Tout ce qu'il faut, c'est qu'elle m'obéisse. Si elle m'obéit, tout ira bien. »

Ce sont les mots que répétait depuis des mois mon grand-père, et par lesquels il avait tenu bon jusqu'au bout du possible pour garder sa femme à la maison. Les trous de mémoire et les maladresses s'étaient peu à peu transformés en absences, en insurrections, en dédoublements : ma grand-mère faisait désormais le ménage en vidant intégralement au sol les placards de l'appartement, se levait en fanfare à trois heures du matin pour préparer le café, disait vouloir faire la vaisselle avec la tête dans la machine à laver. Quand on lui demandait ce qu'elle trafiquait, elle répondait avec une innocence espiègle, parlant d'elle-même à la troisième personne : « Elle est sur mes genoux. Elle se tient bien sage », pendant qu'on voyait ses mains trembler d'entrer en action.

Dans la maison ZHM, nous la voyions désormais continuer sur sa lancée à vitesse grand V, le plus souvent incapable de rester en place, et par moments si absente qu'on ne pouvait que rester à la regarder ne rien regarder. Nous commencions à comprendre que presque tout de sa situation était destiné, graduellement, à nous échapper.

Parfois l'institution était aussi indifférente que la nature. À mi-chemin entre deux tabous, la folie et la mort, les créatures de ZHM faisaient osciller les réponses à la maladie entre prise en charge, empathie, mise à distance et réclusion.

Il s'agit de danger, il s'agit de déviance, il s'agit de ne plus pouvoir fonctionner. De ne plus domestiquer les appareils, les alternances du jour et de la nuit, l'ordre des rues et des syllabes. Et les familles sont si dissoutes dans la société qu'elles ne peuvent plus intégrer ce que la société ne peut pas intégrer. L'institution prend sa part, soulage l'individu. En échange elle lui demande de se placer hors du cycle de la naissance et de la mort, d'abandonner certaines dimensions du temps et de l'espèce à des espaces de neutralisation et de confiscation des corps.

***

Parfois on apportait un lapin. Un gros lapin blanc aux yeux rouges sort de la cage qui a été placée sur la table de la salle commune, et s'arrête pétrifié sur le plan lisse. Les vieilles mains se tendent vers cette fourrure douce, palpent ce corps, y reconnaissent quelque chose qu'elles ne sauraient nommer, et qui, si elles savaient le nommer, ne porterait peut-être pas le nom de lapin. Une chaleur ronde, et cette peau fine à travers laquelle on peut presque sentir les organes, un petit sac de vie. Un enfant. J'ai peur que quelqu'un parmi eux ne le presse trop fort, ne l'emporte, ne refuse de le lâcher.

Ma peur s'accroît alors que la femme au verre d'eau avance une main tordue en murmurant de sa bouche assoiffée « À moi, le lapin à moi, à moi, à moi », mais d'autres mains se sont déjà tendues, saisissent les oreilles, touchent le museau tremblant, et une autre dame regarde l'animal de loin en s'exclamant « Ah ! mais qu'est-ce que c'est ? mais c'est très beau ! vous êtes très beau ! » en larmoyant d'émotion.

Au bout de quelques minutes, on écarte les mains qui se tendent encore.

Le lapin reste sur la table à trembler, couvé par les gros yeux des malades. Ainsi isolé sur l'aggloméré nu, on s'attendrait presque à le voir disparaître comme dans une mauvaise série américaine : blouf, cut, nuage blanc. Une soignante le prend pour le remettre dans sa cage. Il a laissé quelques petites crottes, parfaites, sur le formica jaune. La femme du vieux paysan s'en saisit et les porte à sa bouche.

Blouf, cut, nuage blanc : le lapin était parti, et ma grand-mère en col Claudine, sous sa frange, pleurait de grosses larmes de tristesse.

Je sors de l'Ehpad avec ma mère, qui se met au volant.

« Accélère ! »

Le moteur gronde alors qu'on entre dans la ville.

« Accélère ! »

J'ai envie de boire trois bières, passé présent et le futur.

« Accélère ! »

Je sens chez ma mère la même libido folle en sortant de la maison des fantômes. Chaque week-end, en poussant la porte de sortie, quelque chose du corps se cabrait.

« On appelle des gens ? »

« On va voir qui ? »

« En tout cas on reste dehors. »

Et on chantait dans la voiture, avec une sève qui montait et qu'il ne fallait surtout pas, surtout pas étouffer, surtout ne pas s'arrêter. Par la vitre, je souriais aux réverbères, mais c'était presque une violence qui m'appelait dans la nuit de la ville.

« Monte le son. »

Dans ce lieu de mon adolescence, j'échafaudais des plans pour dormir chez quelque vieille connaissance, prolonger la soirée par avance, pour échapper à quoi ?

« Bi, bibibibi, ba, bababababoubiiii », disait ma mère qui chantait à sa manière, toujours à côté des paroles, ce qui me faisait rire et m'exaspérait. Dans ces moments-là comme j'aimais m'énerver.

« Baaaa, bababibababoubibouba, baaa, bibibibibibouba... »

Le frein à main crissait, en quelques pas nous étions dans un bar ou chez des amis ou avec des enfants, n'importe où. Je pensais tristement à l'heure où ma mère devrait rentrer chez elle, je repensais tristement à ma grand-mère, j'avais déjà décidé de ne pas rentrer.

Une amie qui travaillait alternativement comme psychologue en prison pour les matons et en maison de retraite m'avait bien dit, des années auparavant : « La prison c'est terrible, tu entres là-dedans et tu te sens toi-même en prison, à épuiser le temps de ta vie, tu comprends quelque chose quand les grilles se referment. Mais les vieux, c'est le pire ! Je veux arrêter les vieux. Tout ce que ta vitalité affronte avec les vieux, c'est leur mort, leur mort contre ta vie, ta vie dans leur mort, leur vie dans leur mort, contre leur mort. Ah ! J'arrête ! »

Tu m'étonnes ! pensais-je à présent, qu'elle ait voulu arrêter. Et puis je revoyais les soignantes, je regardais ma mère qui venait là presque tous les jours, et je pensais de nouveau qu'elle devrait rentrer chez elle, à un moment ou à un autre, et recommencer le lendemain.

« Biii, babababibaboubaaaa, bibibibibaba. »

Un air tout à fait fictif, m'indignais-je intérieurement, elle chante un air tout à fait fictif ! Recommencer, toujours recommencer, rentrer triste comme rentrer, faire à manger aux enfants chaque soir, et quand c'est fini, encore retrouver son mari, et quand les enfants sont partis, encore voir rentrer son mari, se mettre au lit avec ou sans lui, et quand c'est fini, encore rentrer dans une chambre, se faire mettre en pyjama à quinze heures par les aides parce que comme ça c'est fait, se faire mettre au lit, se faire attacher à une chaise, manger sa compote avec sa purée, la folie pour seule indocilité.

Le dimanche me cueillait engoncée dans un canapé ou accrochée au lit d'une vieille copine. Dans mon T-shirt de la veille, je frissonnais, pourtant j'allais tout de suite voir à la fenêtre le matin pâlot sur ma montagne préférée, celle dont je guettais toujours l'apparition par la vitre du train. Les yeux rivés sur un reflet rose, je lui disais :

« Le chat, qu'est-ce qu'on va faire, où est-ce qu'on va se mettre, quand on sera comme des pommes fripées, faut qu'on y pense, non ? »

L'amie-chat me regardait en plissant les paupières, la tête inclinée sur l'oreiller. Il était visiblement trop tôt pour de telles questions. Plus tard, dans la voiture, sur le chemin de la gare, j'insistais :

« On ne pourrait pas se le construire par avance, notre Ehpad ?

– Pourquoi, tu voudrais qu'on y aille direct, c'est ça, sans passer par la case mamie ?

– Femmes, enfants, non-mixité choisie ?

– Franchement, poulette, tu as juste besoin de compagnie. »

C'était à moi de plisser les yeux et de me taire.

Plus tard, dans le train, ma montagne s'éloignait au fur et à mesure que la neige prenait consistance sur les bas-côtés : j'entrais dans les terres froides. Je me reposais un instant dans le blanc. Bientôt, il me faudrait sortir de la gare, prendre le métro, me projeter vers le dîner puis dans ce travail que laborieusement j'aimais.

Au compte-gouttes de la semaine, les jours se répétaient : le toucher froid du zinc, un shot de caféine sous les yeux calmes du serveur qui m'accueillait tous les matins, un salut du coin de l'œil à l'ourson qui étalait déjà sur sa table attitrée ordinateur souris et papiers variés, et trotti trotta, me voilà partie vers l'institution à laquelle je donnais chacune de mes journées. J'y restais tard le soir, car plus que tout je craignais les repas, et arrivais souvent chez moi après un ou deux p'tits galos pour dire. Du zinc, je regardais l'ourson se frotter les yeux devant l'écran, puis les écarquiller de plus belle. Son gros casque lui faisait deux belles oreilles.

De retour chez moi, avec la faim se mettait à planer l'ombre du repas. Chaque casserole pesait lourd au bout du poignet, et en ouvrant la porte du frigo je voyais mon esprit vide de toute idée. Ce frigo faisait deux têtes de plus que moi. La joue collée contre une brique de lait, songeuse je contemplais le fromage, les œufs, les poireaux. Je décidais finalement de faire des pâtes.

Un soir de fin de semaine, mastiquant mes farfalles, je tombai, dans une revue au nom bizarre, sur un article au sujet des Ehpad. C'était un énième article sur ce « sujet de société » sur lequel, évidemment, je m'informais, mais celui-ci me fit sursauter. Il s'attaquait à la question des secrets de famille dont, désinhibition aidant, les Ehpad étaient remplis. Une certaine Julia Burtin Zortea nous y conviait à un « exercice d'intersectionnalité un peu original » : celle qui pesait sur la parole d'une femme, âgée, démente, et victime, par exemple, de violences domestiques, et recueillait les propos de différents soignants. Son article posait des questions que je m'étais souvent posées au cours des derniers jours en écoutant les malades : à quel moment une parole est-elle considérée comme délirante ? Quel statut est donné *a priori* à la parole des malades d'Alzheimer ? Et à partir de quand peut-on décider qu'il y a quelque chose à *en faire* ? Cette parole était marquée d'un double sceau – celui du délire, qui les rendait inutilisables pour établir une vérité au sens juridique, et celui de la mort, car on se demande bien que faire de l'aveu d'un mourant. L'ombre portée de la fin de vie, de la vieillesse elle-même, était une fondamentale inutilité qui investissait le dire aussi bien que la personne. Qu'allait-on faire de tous ces mots, de ces vieilles langues qui se déliaient, des horreurs ou des banalités qui parfois en sortaient ? Solitude, violences, désirs réprimés, enfances, incestes, les cloisons de séparation abattues d'un coup, tout était là. De ma cuisine, le cerveau agité, j'aurais aussi voulu dire à cette enquêteuse qu'il ne s'agissait pas seulement, pas vraiment de langage : dans l'aile ZHM, les secrets se manifestaient. Comme qui dirait, ils se performaient.

Je baissais les yeux sur la page, et lisais : « Que se passe-t-il quand une femme âgée, souffrant de démence neurodégénérative, parle en institution de soin des violences qu'elle a subies au sein de sa famille ? »

En voilà une qui a envie de se poser de drôles de questions, pensais-je en ajoutant du parmesan, avec satisfaction.

# 3

Ma vie pendulaire continuait, d'une gare à l'autre, le long de cette ligne qui, au fil des semaines, me ramenait vers un temps de plus en plus rempli de figures venues de tous les temps de ma vie. Quand je m'asseyais sur les sièges bleus du TER, je fermais les yeux pour imaginer la montagne au bout des rails. La lumière blanche de l'hiver commençait à se charger d'un peu d'or. Et c'est toujours avec incertitude et trépidation qu'au bout de deux heures de voyage j'arrivais à l'Ehpad : je ne savais jamais dans quel état je trouverais ma grand-mère, ni cette petite société d'imprévisibles.

Je tapais le code d'entrée dans l'aile ZHM – 2024 : un code qui continuait à me faire grimacer d'ironie, tant il me paraissait douteux, ici, d'évoquer le futur.

En débouchant dans la salle commune, je repensai ce jour-là à l'article que j'avais lu et aux secrets qui s'animaient dans les personnes, à travers leurs mots, leurs gestes, et jusque dans leurs yeux. Dans cette pièce, chaque visage était actuel et inactuel, travaillé par un temps non linéaire, et cet homme avait peur d'une peur de ses cinq ans, cette femme était enfin, elle le proclamait, la maîtresse d'un homme qui lui avait été refusé. Entre l'abscisse du temps et l'ordonnée des faits, la vie formait une flaque où l'être naviguait. Le prodige de ZHM était de matérialiser un temps réversible, de faire éclater dans un désordre aléatoire les petites bulles de passé intact qui sont l'inépuisable au cœur de chacun. Le passé cessait d'être l'histoire qu'on se raconte, pour être – hors du langage et hors même des faits.

Je me laissais aller à penser à tout ce qui, *dans* ce qui avait été, n'avait jamais été. ZHM ramène le territoire du rêve, du fantasme, du passé, le creux que font les choses au cœur du sujet, les images qui s'y baladent comme une fumée stagnante.

***

Quand elle n'était pas en proie à l'absence, ma grand-mère me parlait de la jeune fille qui l'avait déjà remplacée aux côtés de mon grand-père. C'était lui qui l'avait mise là pour s'en débarrasser, pour être tranquille avec la jeune fille, cette jeune fille qui était venue s'installer immédiatement après son départ. Et maintenant il vivait avec la jeune fille, et elle lui faisait à manger tous les jours. Son mari avait ordonné, il avait commandé sa mise à distance dans cette maison et elle le traitait, lorsqu'il arrivait, très mal. Elle le couvrait d'injures en établissant une fois pour toutes qu'il ne l'avait jamais aimée. Seuls les subordonnés peuvent faire preuve d'un certain type d'acrimonie. Enfermée contre son gré, elle était ce qu'elle avait toujours été.

C'était clair : il n'y avait qu'un persécuteur. Un seul et toujours.

L'homme abstrait, au commandement violent, dans le geste ou dans la pensée, lui-même commandé par la peur de mourir, la volonté de gagner. Son affreuse abstraction, son être *autre*, ailleurs, son indifférence à la destinée.

Malmenée par les générations, je m'enfonçais dans des couloirs dont ma grand-mère m'ouvrait les portes. Son destin s'ordonnait fatalement autour de ceux qui le contraignaient : l'homme, et les enfants qu'il lui avait donnés. Les armes du subordonné étaient les interstices laissés aux confins de la vie matérielle, la dépense d'un langage, d'une angoisse ou d'une pensée : plainte, médisance, prière. Et une violence nichée dans les gestes aimants du quotidien – une fébrilité, un énervement à nettoyer, à découper, à ranger.

Il n'était pas possible de contrer la violence, parce qu'elle venait de plus loin, la violence venait toujours de plus loin, la soumission toujours de plus loin, et ainsi il était fondamentalement impossible de s'en prémunir, de s'en échapper. L'homme sévissait, et la femme voulait être aimée, et elle ne lui en voulait pas de sévir, seulement de ne pas l'aimer. *Et l'un était un homme, et l'autre était une femme.*

***

À la maison ZHM, mon grand-père était un tyran furieux et désarmé, il n'aimait pas sentir sur sa femme la mort dont il ne voulait pas entendre parler. Il traitait cette dernière comme un ennemi personnel, trinquant chaque année triomphalement à son anniversaire à lui et à sa défaite à elle.

Mon grand-père arrivait, proposait quelques gâteaux, quelques bananes. Il contredisait sans cesse sa femme, feignant de ne pas comprendre, et ne comprenant pas peut-être, qu'elle était malade. Pas de mensonges, pas de sornettes. Pas de bêtises.

***

J'ai dit : seuls les subordonnés peuvent faire preuve d'un certain type d'acrimonie, une acrimonie sans tache, irréprochable même. Dans son état actuel, ma grand-mère était plus mineure que jamais, sans prise aucune sur ses conditions de vie. Cela et l'incontinence psychique dans laquelle la plongeait son état lui ouvrait tous les droits, la rendait féroce dans son innocence : elle pouvait remercier, chérir, baiser la main de celui ou celle dont elle pensait qu'il l'aiderait à s'évader de cet endroit, mépriser la folie de ceux qui l'entouraient, manger goulûment les sucreries rapportées de l'extérieur, bougonner et insulter les mêmes personnes, siffler entre ses dents.

Quand je l'entendais maugréer de vilaines paroles contre celles et ceux qui venaient lui rendre visite, ses plus fidèles alliés, je ne pouvais réprimer le rire, plus fort que la stupeur : devenue l'intouchable, ma grand-mère accédait à une forme de gloire mineure et intermittente, mais c'était une gloire : victime à tel point qu'elle était dégagée de toute allégeance.

La même jubilation me prenait quand je la voyais, elle impossible à nourrir, dévorer les gâteaux et sucreries qu'on lui apportait avec une délectation proche de la gloutonnerie. Ma grand-mère, énergique et menue, avait toujours adoré la pâtisserie, mais elle s'abandonnait maintenant à ce plaisir avec une certaine indécence, en faisant claquer sa langue et en engloutissant les choux à la vitesse de l'éclair, ravalant la crème qui ressortait de sa bouche – et, bien qu'étant un effet de la maladie, cette impudeur était aussi, pour moi, la liberté du subordonné : une jouissance exposée parce que personne ne pouvait plus rien lui enlever.

***

J'ai dit : ses récits, ses délires, m'entretenaient pourtant toujours de quelque chose qui existait, insituable, en arrière du temps ou de l'inconscient. Ma grand-mère parlait de la jeune fille qui l'avait remplacée aux côtés de mon grand-père, de cette atroce machination qui l'avait frappée et dont, dans notre silence, nous nous faisions tous complices : et ses paroles, si ridicules fussent-elles quand s'y imprimait l'image de l'homme de quatre-vingt-dix ans, à bout de souffle, qui venait la voir tous les jours, étaient fausses et elles n'étaient pas fausses. Elles émergeaient d'un angle mort comme devait en nourrir sans cesse le quotidien plutôt solitaire d'une très jeune femme devenue bancalement adulte en élevant à la maison ses trois enfants alors que son mari, comme on dit, faisait sa vie.

J'entendais : « Je ne vais pas me laisser faire ! Je vais partir d'ici ! Il ne vient jamais. Il m'a coincée là avec les fous à attendre que ça se passe ! »

Et je pensais que ma grand-mère était présentement ce qu'elle avait toujours été – coincée quelque part, dans une vie dont les phases étaient scandées par différents types de jougs sous lesquels elle avait dû vivre sans pour autant s'en accommoder. ZHM ramène l'envers des faits, une empreinte vécue déplacée dans le délire, une dépense indiscriminée de ce qui a et n'a pas été. Nous étions donc au cœur d'un réel, et aussi bien, au cœur du réel.

Le long de ma ligne, alors qu'aux arbres commençaient à pousser de minuscules bourgeons, les rails me ramenaient sans cesse les mêmes paroles : « Il m'a enfermée là à attendre que ça se passe... il ne vient jamais ! Jamais ! »

Et je continuais mon voyage dans ce bruit d'éternité du train que j'entendais parfois encore bien après mon arrivée. Semaine après semaine, ZHM siphonnait une partie de mes pensées, qui tourbillonnaient vers le bas comme dans un entonnoir. À peine sortie de la gare, j'allais directement boire un verre dans mon bar, où Hugo, le serveur taiseux du matin, avait laissé place à Hugo, le serveur volubile du soir. Hugo et Hugo étaient, dans mes journées, le soleil et la lune. Leurs apparitions et disparitions donnaient une couleur toujours égale à mes heures et les rendaient habitables.

« Bonjour, Bonsoir.

– Bonjour, Bonsoir.

– Un p'tit café ? Un p'tit galo ?

– Un p'tit café. Un p'tit galo.

– Bonne journée, Bonne soirée !

– Bonne journée, Bonne soirée ! »

Ça comme base humaine, comme poignée de main. Il était raisonnable de m'arrêter au bar sur le chemin de la maison. Souvent nous nous attardions, l'ourson, Hugo-du-soir et moi, accompagnés d'habitués variés, à fumer tranquilles au frais, en laissant le chaland faire sa vie à l'intérieur. L'ourson dépérissait de jour en jour, ce qui le rendait de plus en plus brun et touffu, comme si la pulpe avait été avalée par l'ordinateur, qui n'avait recraché que deux yeux ronds dans une boule de poils. Il tirait désespérément sur ses cigarettes, cherchant peut-être littéralement une inspiration. On se tenait souvent ensemble jusqu'à la fermeture, comme ça, griffonnant, fumotant, borborythmés, puis, forcément, on se séparait.

« Bonsoir :
– Bonsoir :
– Bonsoir :
– Bonsoir. »

Mais sans cesse, rentrée chez moi, je plongeais dans la lumière de l'écran, ouvrais quelques fenêtres. Entre souvenirs et informations glanées, mes pensées flottaient, décrivant des cercles mouvants autour d'un point flou. J'ouvrais une fenêtre sur des statistiques, puis je revenais dans la salle commune, me remémorant les silhouettes désormais familières que je croisais à chaque visite. La place des chaises, la valse des soignantes, la géographie de chaque visage. Jusqu'à ce visage bien connu, qui sombrait chaque jour un peu plus dans l'inconnu.

Car ma sorcière bien aimée est là elle aussi, assise dans un coin de la salle commune, ma femme des années cinquante, que j'ai si longtemps vue faire sa gym, sa permanente, sa fameuse blanquette de veau, frotter son carrelage et prendre ses anxiolytiques. Adolescente, j'étais éberluée par ses chemises de nuit roses à volants, par l'aspect virginal de cette mère de trois enfants.

Que s'était-il passé avec les femmes des années cinquante ?

Ma grand-mère avait toujours été montée sur ressorts. Placards impeccables, soyeuse mise en pli, petite coiffeuse à miroir dans la barre d'immeuble où mes grands-parents avaient emménagé, partant de la maison ouvrière qu'ils avaient jusque-là habitée avec leurs trois enfants, à une époque où accéder aux grands ensembles modernes était un gage de succès, de propreté. Sortie de la mouise, ma grand-mère s'était aménagée une chambre bleue de princesse, aux lourds rideaux et couvre-lit assortis, dans cet univers de HLM. La grosse armoire à glace et surtout la coiffeuse qui me fascinaient tant m'avaient, en grandissant, fait l'impression d'un paradis bourgeois miniature accommodé dans une vie d'esclave. Ma grand-mère finissait d'épousseter, de ranger, de torcher, de frotter, de cuisiner, puis elle allait dans sa chambre au carrelage luisant comme une assiette. C'était son univers de dame, nœuds, fleurs et froufrous, où la silhouette de mon grand-père, ouvrier italien dur à la tâche, paraissait presque grotesque. C'est bizarrement là, arrivée en mémoire dans cette chambre, que je me perdais dans des statistiques, que l'écran se couvrait de fenêtres.

Que s'était-il passé avec les femmes des années cinquante, des années soixante ?

Celles que la nervosité et la dépression avaient emportées avec la vie domestique, les alcooliques américaines, les Françaises sous sédatif. Celles qui faisaient disparaître le poids de leurs heures parce qu'elles n'arrivaient pas à croire que la vie les avait enfermées là. Petit cacheton : blouf, cut, nuage blanc. Valium, Xanax, Lexomil, Tranxène, Séresta, Témesta. Au fil de mes lectures nocturnes, j'avais souvent rencontré ces noms derrière lesquels il y avait une molécule, la benzodiazépine, responsable à long terme de pertes de la mémoire, de l'équilibre, de démence. Pourtant bien peu d'articles spécifiaient que c'était justement la molécule dont on avait arrosé, dans les années cinquante et soixante, une bonne partie des femmes au foyer qui ne supportaient plus leurs vies rétrécies. Le point autour duquel flottaient mes pensées était peut-être un chaînon manquant.

« Le traitement qui dompte les tigres – Que fera-t-il sur les femmes nerveuses ? » lisait-on, au sujet de l'ancêtre du Valium, dans une réclame américaine des années cinquante.

Je repensais à ma grand-mère sur ses ressorts. Était-ce la benzodiazépine qui l'avait amenée dans l'aile ZHM ? Ou bien le fait de tourner en rond dans sa barre d'immeuble, de ranger inlassablement des armoires, de faire cent ciseaux tous les matins ? De s'enfermer avec le chat et la Vierge dans la chambre bleue, pour y faire disparaître le reste ? Ou était-ce la vie en captivité qui l'avait amenée à la benzodiazépine ?

Les malades d'Alzheimer étaient à soixante pour cent de sexe féminin, et elles étaient en plus grande proportion encore dans l'Ehpad de ma grand-mère. On expliquait en général ce fait-là par l'espérance de vie plus élevée des femmes. Pourtant, je lisais également que les femmes qui ne retournaient pas travailler après avoir eu des enfants avaient plus de chances de développer des maladies neurodégénératives, que l'isolement et la dépression étaient deux des facteurs psychiques d'une maladie qu'on ne voulait souvent expliquer que d'un point de vue neurologique, que le fait de répéter inlassablement la même routine était parmi les causes d'une usure neuronale.

Ma grand-mère faisait apparaître des escalopes milanaises, puis disparaître les assiettes vides, apparaître du linge propre, disparaître du linge sale, apparaître un sourire, disparaître une angoisse. Quelles énergies avaient pu se consommer, dans cet appartement avec vue sur le petit parc mélancolique, entre cuisine et chambre, le long du même couloir ?

J'avais envie de sortir, de retourner au bar, de raconter mes trouvailles à l'ourson auquel il m'arrivait parfois désormais d'adresser mes pensées. J'avais envie d'appeler Julia B. Zortea, cette acolyte qui s'ignorait, de lui dire : voilà pour toi une nouvelle enquête ! J'avais bizarrement envie, enfin, de me retrouver de nouveau dans la maison ZHM, là où se dissolvaient toutes les enquêtes.

4

J'entre dans la chambre de ma grand-mère. Au-dessus du lit, le tableau de la Madone sous lequel elle a dormi toutes ces années et que nous avons transféré ici. Ses douces couleurs jurent avec les murs jaunes, mais c'est un gardien de plus pour ses nuits. Et un témoin bien placé du surnaturel.

ZHM accomplit des miracles.

Ma grand-mère est sur son lit et ne lève pas la tête quand j'entre, concentrée sur ses jambes. Sur le lit, je découvre les débris de ses bas de contention, que ses doigts se sont ingéniés à déchiqueter pendant le temps où elle est restée seule et attachée. Et voici un nouveau tour de force. Pendant que je la vois qui s'acharne à présent sur son pantalon, je prends dans mes mains les restes des bas et me rends compte qu'il m'est rigoureusement impossible, physiquement, d'en déchirer la trame. Je regarde ses doigts décharnés, animés par une puissance inconnue, chercher des appuis pour attaquer un ourlet. Ses bras se tendent, ses clavicules se creusent et ses lèvres se mettent à trembler alors que les doigts parcourent le tissu, suivant la couture, millimètre par millimètre. Méticuleux. Jamais aucun spectacle ne m'a fait sentir ainsi à quel point les vêtements étaient des choses, posées sur nous, écœurantes.

J'entends le craquement d'une couture.

La destruction à l'œuvre dans son corps se porte à l'extérieur avec une énergie débordante. Elle a capté une source, une mauvaise source, qui l'enchaîne et l'assèche. C'est cette possession qui apparaît au comble de la dépossession, et alors qu'elle lève les yeux de son ouvrage fiévreux ses pupilles brillent, absentes et acharnées.

Autour d'elle, la chambre jaunâtre, les photos d'une vie accrochées au mur, quelques bananes sur la table de nuit. Si ça ne tenait qu'à cet être qui est devant moi aujourd'hui, chaque mur serait déjà en lambeaux, les meubles en poudre, les mains en seraient à fouiller sous la tapisserie, dans l'infime interstice qui sent la colle, tout contre cette cloison bonne à gratter.

Une autre couture saute et je m'arrache à la fascination. Ma grand-mère ne me voit pas la détacher, toute à sa prison.

Car en arrivant à l'Ehpad, toujours, accompagnée ou pas, je détachais ma grand-mère et l'emmenais promener dans le jardinet de l'aile ZHM. Ce jour-là, ma mère et moi la traînons plus qu'elle ne marche. Sa pantoufle se met sans cesse de travers, comme s'il n'était plus dans sa nature d'accueillir un pied, comme si ces pieds-là n'étaient plus faits pour se poser. Une fois dans l'herbe, une main sous chaque épaule, elle glisse, pffft, pffft, de quelques centimètres à chaque pas, menaçant sans cesse de se prendre les pieds dans le sol.

Mon grand-père, à côté, achète une cannette d'Orangina au distributeur. De là-bas, il crie à chaque pas : « Lève les pieds ! Lève les pieds ! Lève les pieds quand tu marches ! Tu vas encore tomber, lève les pieds ! »

Je m'apprête à lancer un petit rire de dérision quand, son regard aveugle balayant le sol, voûtée, je sens que ma grand-mère lève imperceptiblement le pied, produit un effort. Sous les hurlements de mon grand-père, son talon se relève de quelques millimètres, à gauche, puis à droite, et puis encore à gauche (« lève le pied ! »). Son corps est traversé par une fréquence qu'il reconnaît et à laquelle il répond instinctivement – la voix du maître qui l'oppresse, la plie et la maintient.

L'espace d'un instant, elle est devenue le terrain de deux emprises. ZHM et mon grand-père se disputent ses mouvements d'automate, ZHM et mon grand-père en lice pour la toute-puissance. Et alors que ZHM gagne du terrain, il continue à dire inlassablement :

« Tout ce qu'il faut, c'est qu'elle m'obéisse. Si elle m'obéit, tout ira bien. »

C'est ce qu'il disait encore en lui apportant, chaque jour, une banane à manger, persuadé qu'elle pouvait reprendre du poids et puis rentrer. Si elle prend deux kilos, elle pourra rentrer. « Mange ta banane. Mange-la. »

Comment se tenir ensemble, sur cette frontière de la vie et de la mort ?

Mon grand-père devenait tout jaune, et il venait tous les jours, et tous les jours ma grand-mère répétait : « Oh ! Il n'est jamais venu. » Puis elle mangeait sa banane.

Je la regardais mâcher en pensant à cet enfer entre eux, un enfer d'années croupies dans la consolidation de l'enfer, dont la structure était telle désormais qu'elle imitait l'amour – nourrir, répéter, être là, persévérer, faire durer l'autre, durer.

Comment se tenir autrement qu'ensemble ?

Je rentrai chez moi avec un semblant d'amertume qui n'avait rien à voir avec la bière de la gare. Le train avait laissé décanter toutes ces phrases et les rails zigzaguaient dans ma tête, me rapportant des bribes jusque dans le couloir gris dans lequel j'avançais pour arriver à ma porte. J'avais traversé la rue sans même voir, derrière la vitrine de mon bar, l'ourson pensif devant son écran.

« Vous m'aimez ?
Est-ce que vous m'aimez ? »

« Il m'a laissée là !
Pour se débarrasser ! »

« Mais j'ai perdu mes *angosses* ? »

« Madame, madame,
là je suis là, venez. »

« Za vous dirait pas
un p'tit tour avec moi ? »

Quand leur œil s'allumait, ces vieux et ces vieilles ne déliraient que sur une chose, pleurant et convoitant, séduisant et insultant, touchant touchant touchant – ils déliraient sur l'amour, tous, amour et sexe, mariage et abandon, besoin et absence. Ils avaient oublié tous les besoins primaires qu'il était nécessaire de satisfaire pour survivre, sauf un qui demeurait et qui les rongeait même plus que jamais.

Je formai le code, montai l'escalier, tournai deux fois ma clé dans la porte, m'engageai dans l'autre couloir : le mien. M'efforçant de penser à ce que je faisais, à ce que j'allais faire, j'ouvris la porte du frigo.

***

Plus tard, je me retournai deux fois dans mon lit : la première fois sur le ventre, anticipant la journée du lendemain. Une tempête de mails, de textes à lire, de tableaux Excel à remplir, se mit à tourbillonner dans l'obscurité. Alors je me tournai sur le dos, comme un petit poulet sur la broche de la nuit, la cherchant, elle, pour m'y oublier enfin, m'y retrouver. Je respirais calmement dans l'obscurité en me laissant sombrer avec le poids de la couette, caressant du bout des doigts l'oreiller couvert de mes cheveux. Je sentais peu à peu combien mes hanches reposaient lourdement sur le matelas, mon dos. Chacun de mes os posés sur ce lit posé quelque part dans le noir. Je pensai furtivement à ma bouillotte. Il y avait, à ma gauche, cette place. Je fus traversée par le vertige de cet espace où quelques squelettes s'étaient étendus à côté du mien. Les années flashaient corps après corps. Je songeais à ces os, à ces organes entendus palpiter, à mes côtés. Je me laissais dévorer par l'obscurité.

***

La nuit, je vois l'homme aux deux visages. Nouvelle variation sur un thème ancien de mes rêves. Dans celle-ci, un ancien petit ami tend les mains en souriant pour me faire des chatouilles.

Ses doigts attrapent mes côtes, mais ils ne les lâchent plus. Ce même sourire aux lèvres, le regard fixe désormais, mon amoureux presse, tenant ma cage thoracique. Alors que l'étau se resserre, les côtes se brisent d'un coup.

« Que le petit Jésus te protège », disait ma grand-mère. Elle se penchait sur chacun des enfants alignés dans les lits du grenier, remontait les draps, et traçait de son pouce une croix sur leur front.

Et puis il y eut ce jour où, derrière la vitre contre laquelle certains pensionnaires avaient l'habitude de passer la journée, front collé vers le dehors, la lumière se fit un peu plus insistante sur l'herbe du jardinet. Quelque chose dans cette lumière luttait contre l'inertie hivernale. J'étais assise à une table en attendant l'heure du goûter pendant que ma grand-mère dormait, ou faisait quelque chose d'approchant, qui n'avait pas de nom. J'avais appris à m'abandonner à longs traits à ce que je voyais se produire dans la maison ZHM, à ce que j'y apprenais.

« *Che bel bambino che hai con te* », me dit-elle.

C'est une femme paisiblement assise au fond de la salle commune, les cheveux blancs en désordre tombant sur un chemisier blanc brodé de bleu et de rouge. Elle me regarde droit dans les yeux avec dans les yeux un minuscule filet de sourire.

« *È bello, e poi si tiene bene.* »

Je la vois regardant l'enfant qui se tient à ma gauche, à hauteur de main, et qui est beau, qui est sage. Elle approuve doucement de la bouche, s'enfonce un peu, de satisfaction, dans son petit chemisier brodé, ses petits souliers de velours.

« Il n'y a pas d'enfant, lui dis-je. *Non c'è.* »

Elle aussi parle la langue de l'enfance. Je le sais à son innocence, c'est une très vieille langue, dans laquelle son visage s'ouvre. Il se déplie devant moi, dans le passé.

« Je n'ai pas d'enfant », disent mes lèvres.

« *È bello, è caruccio* », dit le joli col blanc.

Je baisse la tête à gauche, vers l'enfant. J'ouvre les mains devant le vide.

« *C'è*, me dit-elle, *c'è. È il bambino che non hai ancora amato.* »

***

J'ai dit : j'avais appris à m'abandonner à longs traits à ce que je voyais se produire dans la maison ZHM, à ce qu'elle m'enseignait. En regardant ma grand-mère chercher de nouveau à porter sa fourchette vers une bouche qui n'était plus à la bonne place, en l'écoutant invoquer les noms d'inconnus, appeler à son secours les frères et les sœurs qu'elle avait sans doute rêvé d'avoir mille fois dans son enfance d'orpheline, étendue sur son lit, raide comme une planche, je mesurais ce qui, grâce à elle, de l'invisible affleurait à la surface du visible pour s'y inscrire fugacement. Et des images longtemps oubliées me tournaient en tête, accompagnées d'une voix claire :

« Quand le printemps venait, quand chaque corbeau pour l'annoncer augmentait son cri d'un demi-ton, je prenais le train vert de la Yamanote Line et je descendais à la gare de Tokyo, voisine de la poste centrale. Même si la rue était vide, je m'immobilisais au feu rouge, à la japonaise, afin de laisser la place aux esprits des voitures cassées. Même si je n'attendais aucune lettre, je m'arrêtais devant la poste restante, car il faut honorer les esprits des lettres déchirées, et devant le guichet de la poste aérienne, pour saluer les esprits des lettres non envoyées. Je mesurais l'insupportable vanité de l'Occident qui n'a pas cessé de privilégier l'être sur le non-être, le dit sur le non-dit. »

C'est ainsi que je célébrerais, chaque fois que je passais devant la femme à la langue oubliée, l'enfant qu'elle voyait à mes côtés, ainsi que je consolerais un vieillard de la perte d'un objet à lui-même inconnu, qui le faisait pleurer, ainsi que j'écrirais :

*Petite mamie,*
*tout ce qui s'est volatilisé*
*est autour de toi*
*tout ce qui tremble et tombe*
*et qui est perdu*
*et qu'on ne retrouve plus*

Le dernier vers écrit ou pensé, il me semblait que le train, qui ne s'était jamais arrêté, repartait.

# 5

De retour dans la ville du présent, je m'assois à la table de l'ourson. C'était l'après-midi, et tous les clients s'étaient entassés dans la maigre portion de terrasse illuminée par un soleil encore faiblard. De loin, on entendait une grosse rumeur rythmée. La rumeur rituelle de certains jours de la semaine, qui passait souvent sous mes fenêtres, et alors je levais les yeux de l'écran et pensais que je descendrais après avoir répondu à tel mail, mis le point final à tel document. Ce jour-là, assise à la terrasse, je regardai l'ourson faire la moue en écoutant le son des slogans, et notre menue conversation lui échapper.

« Bah alors, tu veux pas y aller ? » tentai-je.

Rictus amer, et le voilà qui sombre dans son bomber.

« On y va ? Je viens avec toi. »

Dénégation désespérée. Puis le voilà qui reprend :

« Ça sert à rien de traverser des ponts en criant des slogans, et de rentrer chez soi. La petite balade du vendredi, merci. »

À ce moment-là passa Hugo, nous demandant si on remettait ça. L'ourson fit de nouveau la moue en regardant ses chaussures. C'était un non. Je commençai alors, dans un élan d'utopie de comptoir, selon mon obsession :

« Tu sais en quoi je crois, moi : je crois que de toute façon, politiquement, on ne fera rien sans les vieux. L'avenir, c'est l'alliance adolescents-retraités. Sachant que ces deux stades à eux seuls couvrent à présent la majorité de la durée de vie. Et puis de toute façon les familles sont complètement abruties par les prêts, la logistique et les névroses domestiques.

– L'alliance adolescents-retraités ? L'alliance adolescents-retraités ?

– Ce serait l'arme la plus imprévisible jamais prévue. Elle pourrait tout aussi bien nous péter à la gueule, mais qui ne tente rien n'a rien. Tu crois qu'on gazerait des vieux déments ?

– Aucun doute là-dessus, on les gazerait à plusieurs titres. Puis on les appellerait à plus de sagesse. »

Au bout du tunnel de la semaine, le samedi de très bon matin, dans le métro qui me ramenait à la gare, j'observais les passagers, inobservée. Très peu de visages blancs parmi ceux qui prenaient les transports pour travailler à cette heure : et comme un accord tacite de se faire le moins mal possible, de privilégier le silence. Le wagon somnolent filait à toute vitesse sur les rails, la passagère d'en face et moi nous nous regardions sans le vouloir, et les yeux dans les yeux, pupilles mornes, nous baissâmes peu à peu les paupières. Son visage engourdi s'était imprimé sur ma rétine. J'eus l'impression de me réveiller dans le train alors que les conversations autour de moi s'animaient, que ses occupants rajeunissaient. Les montagnes apparaissaient déjà, et d'instinct je guettais la mienne, j'envoyais un petit message à l'amie-chat pour la prévenir de mon arrivée le soir même sur son canapé. Je regardais les étudiantes qui avaient rempli la voiture en me rappelant d'autres voyages qui, plus jeune, m'avaient ramenée dans ma ville pour les vacances ou pour un week-end, le sac chargé de linge sale et de photocopies. Il me semblait que ces rails, au lieu d'avancer, tournaient, brouillant le sens de la marche, dévidant un fil aussi subtil que celui d'une araignée, dessinant la toile qui me retenait collée à moi-même, à cette vie qui allait et venait. La maison ZHM était un nœud particulièrement dense de cette toile. Désormais dans le tram, je continuais à glisser vers elle.

***

Ma mère m'attendait, ce jour-là, assise dans la chambre au chevet de ma grand-mère, un magazine à la main. Nous l'asseyons. Nous décidons de nous occuper de ses cheveux, de ses pieds, de ses ongles et de sa peau, de ce corps en pleine métamorphose, pour l'ancrer dans quelque chose de doux et l'arracher un temps à ses puissances mortifères. Je coupe les cheveux de ma grand-mère. Toujours attachée à sa chaise, elle se tient très droite pendant que j'attaque la frange, tenant d'une main le peigne et de l'autre les ciseaux qui s'enfoncent un peu à plat dans son front, à l'horizontale. J'ai cette antique peur de lui crever un œil en bougeant, mais elle se tient immobile comme une statue de cire, me donnant encore le plaisir de jouer à la poupée, et je trace une ligne que je voudrais parfaite au-dessus de ses sourcils – deux petits arcs qu'on devine à peine et qu'il me faudrait dessiner. Je caresse de temps en temps son crâne d'oiseau sous les fins cheveux blancs. À mesure que la ligne se dégage, une étrange petite fille apparaît.

Ce n'était pas le simulacre de la dignité que je cherchais alors.

Je l'avais compris un jour en regardant sur les mains de ma grand-mère un vernis à ongles rouge en train de s'écailler, soin exceptionnel prodigué par l'institution dont je me demandais s'il était plus généreux ou plus humiliant, si cette marque convenue de féminité n'était pas seulement grotesque au bout d'un tel délabrement, qu'accusait encore l'usure du vernis, ultime image d'abandon. Mais j'aurais aussi voulu les peindre, ces ongles, chaque jour d'une nouvelle couleur.

Une semaine auparavant, mes deux nièces étaient venues rendre visite à leur arrière-grand-mère. Mon frère les avait accompagnées tout en craignant que la vue de cet être cadavérique, déserté par la réalité, ne les inquiète. Mais mes nièces de quatre et six ans, après avoir tourné autour de sa chaise pendant quelques minutes, impressionnées, avaient tout de suite commencé à jouer, à lui monter dessus comme sur une drôle de statue, à la taquiner comme un animal, à souffler sur son nez en riant. Elles avaient reconnu quelque chose : quoi ?

Qu'était donc devenue ma grand-mère, sur cette frontière de la vie et de la mort ?

Je m'absorbais en tenant mes ciseaux, pendant que ma mère, aux pieds de la sienne, coupait les ongles, enlevait les peaux. Tout ce qui sort de la vie du troupeau et de la continuité a besoin d'être placé quelque part en dehors du cercle, pensais-je, orné, admiré et médité, soumis au rituel. Comme les morts, comme les monstres, comme ces malades. Je commençais à rêver de faire de ma grand-mère un totem, plutôt qu'un tabou.

Dans les premiers temps, ceux de la glissade des syllabes et de la démence, j'aimais me la représenter comme un petit bouffon, penser à nos retrouvailles et au temps passé ensemble comme à la chance d'un moment de jeu, car sa folie naissante me donnait envie de jouer, de me placer avec elle, à ma mesure, dans une zone d'indistinction. Bras dessus, bras dessous, je l'emmenais faire un tour à l'extérieur de l'hôpital et ses dérapages du pied, de la langue ou de l'esprit m'apparaissaient comme autant de petits tours qu'elle me jouait, à moi son public ravi, dépaysé. C'était le moment des rires, des confidences surréelles et des exclamations incrédules. Ses récits, ses délires, m'entretenaient pourtant toujours de quelque chose qui existait, insituable, en arrière du réel. J'aurais voulu la déguiser pour qu'elle m'instruise. Elle m'apprenait l'interstice entre les cloisons du monde, le temps hors de ses gonds, leçons inestimables.

Mais nous avancions maintenant vers un autre temps, un temps de plus en plus maigre et silencieux, où j'apprenais d'autres choses : des devoirs et des gestes. Des choses que de manière tout à fait inattendue je savais faire, dans une vie où je ne savais rien faire.

Je me reculai pour contempler l'arc tracé entre deux oreilles.

Ma grand-mère déclinait à une vitesse que nous n'avions pas soupçonnée possible. Dans ses phases d'« éveil », qui alternaient désormais sans cesse avec des états comateux, indéfinissables, elle était particulièrement fébrile et imprévisible. Je le voyais à l'air exaspéré des soignantes qui avaient renoncé à chercher pour la énième fois les appareils auditifs qu'elle avait cachés quelque part. Cela arrivait une dizaine de fois par jour. Ma grand-mère n'était pas non plus un cas particulier : non, elle était sans doute normale-pire. Toujours en train d'essayer de se lever quand il ne faut pas, toujours à risquer de tomber, d'ouvrir la bouche quand il faudrait la fermer, de mouiller sa couche au mauvais moment. L'aide-soignante a souvent l'air à bout, son mascara coule peu à peu jusqu'à ce qu'en fin de journée ses yeux soient tout noirs. Il y a un grand turnover, dans cet Ehpad comme partout, et nous voyons à chaque visite des visages de soignantes inconnues. Mais il y en a une, celle du mascara, que nous croisons presque toujours et dont j'aime la retenue, l'écoute fatiguée. En notre présence, elle s'ouvre ou se ferme tour à tour, sa bouche se remplit de silences à chacune de nos questions. J'essaie sans cesse de décrypter quelque chose dans ses yeux bleus ourlés de noir et brillants de mélancolie, quelque chose de son expérience qui reste insaisissable et comme ambivalent. Je voudrais aussi savoir ce que ça lui fait, à elle, d'être ici, si juste et si injuste. Nous la harcelons de questions sur ce qui arrive quand nous ne sommes pas là. Que sait-elle que nous ne savons pas ? Je regarde passer sur son visage la dissimulation, la honte, la dureté, la compassion, parfois un éclair tragique – mais son attitude première est bien la honte, me semble-t-il. Ma grand-mère était attachée, mais il y avait des personnes pour l'attacher. Pour la laver, lui changer ses couches. La mettre en pyjama à quinze heures si personne ne se présentait. Des personnes pour regarder, pour ne pas regarder.

Le sentiment qui prédominait en toute situation était la honte. Car s'il y avait des personnes pour attacher notre grand-mère, il y avait aussi des personnes pour l'accepter, dans une maladie qui semble laisser peu de marge de manœuvre : ces personnes étaient nous. Il y avait les regards des vieux maris, qui se portaient sur leur femme démente avec pitié, dépit ou impuissance. Mais il y avait, surtout, le regard des enfants et parfois des petits-enfants, leur vague appréhension au moment de l'arrivée, leur terreur refoulée au moment du départ, et, bien sûr, leur monstrueux soulagement. Ces nuances étaient palpables chez la plupart des enfants qui venaient rendre visite à leurs parents, ou peut-être devrions-nous accorder ici ces mots au féminin, tant les femmes, chez les visiteurs plus encore que chez les malades, étaient en nombre écrasant.

Je regardais les deux sœurs que nous rencontrions souvent, filles de cette femme au visage ouvert qui me donnait sans cesse la bienvenue et dont les yeux s'ouvraient comme une page vierge à mon arrivée, mais se voilaient d'un genre de néant quand ses filles lui disaient au revoir. Tous les jours ou presque, elles partaient en pleurant.

Qu'est-ce qu'une société qui fout continuellement la honte à ses sujets ?

Ma mère m'avait annoncé pour la fin d'après-midi la visite du couz, qui n'était pas encore venu depuis l'hospitalisation. Mais déjà avant cela, la vie de mes grands-parents s'était raréfiée en visites. Ce n'était plus si drôle, chez mes grands-parents – si ça avait jamais été drôle. Et puis ce n'était plus si bon, dans la cuisine de mamie. Les engueulades, les steaks cramés, et ma grand-mère prise d'un vague à l'âme si communicatif : on sortait de là le cœur et l'estomac tout retournés. *Dans tout ce noir qui me baigne*... j'avais frémi, en recevant cette phrase, de tout un long frisson compliqué, où se mélangeaient tristesse et répulsion, culpabilité personnelle et deuils de l'histoire familiale, pitié et terreur de penser que ma grand-mère, sans doute, allait mourir malheureuse ! Voilà qui était si insupportable qu'avant même son enfermement, sa maison avait été rendue déserte par la dépression dont je comprenais désormais qu'elle était aussi, potentiellement, un résultat de la maladie. Mais le malheur éloigne ceux qui s'aiment, comme on dit.

Le couz arriva alors qu'on donnait sa compote à ma grand-mère, désormais propre et peut-être absurdement pomponnée. Il jetait des regards circonspects autour de lui – pendant la conversation, il fixait la cuiller, la table, évitant de regarder les malades qui le dévoraient de leur attention fébrile, adressait de timides sourires aux aides-soignantes. Arrivé dans la chambre, il regarda les photos au mur, dont certaines le représentaient, lui et sa famille, comme effaré de se trouver en présence de lui-même dans cette chambre irrémédiablement étrangère, où était assise, attachée à une chaise roulante, une grand-mère au comportement tout aussi étranger, et désormais si squelettique qu'elle semblait avoir passé un cap d'espèce.

Alors qu'on amène la chaise roulante à côté du lit, ma mère se tourne instinctivement vers le couz : « Il faut la porter. » Celui-ci écarquille les yeux de plus belle, tout pâle, plaçant ses deux mains en avant, comme pour se défendre de ce squelette à la légèreté vraiment insoutenable. Je prends ma grand-mère sous les aisselles et je l'allonge sur le lit. Son corps ne me semble pas peser plus à présent que mon sac à dos au retour du supermarché. Et en regardant les yeux fuyants de mon cousin, son départ tout aussi caractérisé au bout de quelques minutes, je comprends : aides-soignantes et infirmières, filles et mères, amies. Dans leur perplexe majorité, les hommes n'ont aucune domesticité avec la mort. Confusément, en revoyant ses mains se lever en signe de protection, je pensai à Malaparte, à *Kaputt*, aux nazis, « ils ont la terreur des vieillards, des enfants, et des handicapés ! » et je... halte-là, m'auto-arrêtai-je. Comme à pas mal de gens de ma génération, beaucoup de choses me faisaient penser aux nazis, beaucoup trop peut-être. J'y pensais d'ailleurs ici plus souvent qu'à mon tour. Je secouais la tête en regardant mon pauvre couz, sa mine contrite et perturbée alors qu'il se hâtait de partir quand la seule chose à faire était rester, en pensant aux visites embarrassées des hommes de ma famille. La peur de la faiblesse ne serait-elle pas la chose la mieux partagée ?

Le soir, je montai dans la voiture de ma mère qui me déposerait chez l'amie-chat. C'était agréable de me laisser conduire, de penser au petit joint qui m'attendait chez mon amie de lycée, puisqu'elle était la seule de notre ancienne bande à ne pas avoir abandonné cette habitude. Je goûtais sans la bouder cette régression parfaite. C'est ainsi que quelques heures plus tard, je me retrouvai, comme à notre habitude, couchée sur le tapis rouge aux côtés de l'amie, chacune fixant le plafond alors que nos cheveux se mêlaient sur le coussin brodé.

« Et tu fais quoi, quand tu es là-bas ?

– Je regarde.

– Et t'as jamais envie de la kidnapper, ta grand-mère ?

– Si.

– Et alors ?

– Et alors si je la kidnappe, c'est moi qui serai sa prisonnière.

– Et comme ça ?

– Comme ça c'est elle la prisonnière.

– Et ta mère ?

– Ah ma mère est prisonnière, quoi qu'il arrive. De sa bagnole, de ses trajets, du repas du soir après la journée à l'Ehpad. De ce crève-cœur.

– Donc tout le monde est prisonnier de toute façon ?

– Tout le monde est prisonnière. La liberté est à l'intérieur, dis-je en expirant une lourde volute.

– Oh, on n'est pas dans *Inception* là ! Ces cons d'Américains avec leur développement personnel ! »

Un peu fumée, l'amie-chat aimait toujours partir dans une bonne tirade anti-ricaine digne de mon grand-père, mais il lui arrivait de viser juste.

« Non, je veux dire que pour le reste... pour le reste il n'y a pas de liberté sinon aux dépens de quelqu'un... ce qui est fait est à faire. Poser une main sur une main, laver, torcher, aider la mort.

– Sinon ?

– Sinon y a pas de sinon... sinon on sort de quelque chose, j'imagine... »

Je n'arrivais pas à comprendre ce que je voulais dire, je cherchais sans la trouver une juste place où mettre les images que j'avais au fond des yeux. Je me détournai du plafond pour interroger l'amie d'un froncement de sourcil. Elle avait l'air bien concentrée. Elle retenait une latte.

« Quand j'étais petite, dit-elle en expirant de gracieux ronds de fumée, je pensais qu'on pourrait mourir comme les éléphants, chacun de notre côté, aller au fin fond d'une forêt.

– Dans ce cas ma grand-mère ressemblerait plutôt au Petit Poucet qu'il faudrait aller perdre dans le bois...

– Elle va se perdre dans le bois de toute façon, dit l'amie dont les paupières tombaient de plus en plus.

– Tu dors le chat ? Tu entres dans le bois ? Dans le cimetière des éléphants ? murmurai-je en lui prenant délicatement le joint d'entre les doigts.

– Non non, je réfléchis... » souffla-t-elle, petit sourire lui remontant le coin des lèvres.

J'approchai ma tête de son épaule. J'aurais voulu capter ses pensées et l'herbe me laissait croire que ce serait possible, si seulement je touchais sa tête avec la mienne. Comme toujours, j'étais heureuse d'être là, de dormir chez ma copine, dans une intimité qui fuyait ma vie de toute part. Je pensais vaguement aux longs soirs et à mes cuisses frissonnantes, à ces années qui nous interdisaient peu à peu tous les corps, sauf ceux de la famille, des enfants et des amants, pour autant qu'il y en ait. Mon crâne s'approcha finalement du sien, un crâne tiède, recouvert de cheveux doux, qui renvoyait une légère vibration. Deux arbres qui se touchaient.

« Au-delà des yeux, au-delà de la main, c'est un autre domaine, qui n'est pas humain, pensais-je au moment même où m'atteignait l'habituelle sensation de tomber dans le parquet.

– Tu as surtout besoin de baiser, je crois, ricana le chat à côté de moi. »

Peut-être avait-elle entendu mes lèvres remuer. Ou peut-être que ça avait marché, dit ma dernière pensée avant que je ne me réveille, deux heures plus tard, sur le tapis rouge, rampant pour parcourir les cinquante centimètres qui me séparaient du canapé pour me coucher. J'avais une fâcheuse tendance, chaque fois que j'étais défoncée, à tenter la télépathie, et chaque fois il me semblait que cette hypothèse n'était pas complètement infirmée.

Le dimanche matin, je laisse un mot sur la table de la cuisine : *Toi aussi tu as rêvé des éléphants ? La prochaine fois que je viens on pourrait aller dans la forêt.* Je ferme doucement la porte alors que seule une main dépasse de la couette du chat, souple comme une trompe, rose comme une patte, abandonnée.

Quand j'arrive à la maison ZHM, une nouvelle animation est en cours. Un jeune homme est là, au milieu de la salle commune, plus ou moins assis à la place de la télé, les pensionnaires disposés autour de lui, et il gratte et gratte sa guitare. Il fait de gros efforts de communication, si bien qu'à chaque syllabe chantée ses yeux s'ouvrent grand et sa bouche fait des ronds, des lignes, ses lèvres heurtent les consonnes pendant qu'il tape du pied en rythme.

« Hisse et oh ! chantent les vieilles personnes.

– Hi… ho, bredouille ma grand-mère, étonnamment réactive.

– Vous êtes beau ! Est-ce que vous m'aimez ? lance la femme au verre d'eau.

– Bonjour bonjour bonjour bonjour ! » s'exclame l'homme à la poignée de main.

Quand il me voit l'observer, debout dans un coin de la pièce, son expression joyeuse se fige et je le vois rougir instantanément.

« Hisse et oh ! articule-t-il à demi-absent, me regardant comme pour s'excuser.

– Santiano ! » reprend le chœur.

Il a un air naïf et franc qui me plaît, et il fait son travail. Je tourne le dos et m'éloigne pour ne pas l'embarrasser, passant par le petit réfectoire.

***

Assise à une table de la pièce déserte, dans le laisser-aller qu'a déposé dans mon corps la soirée de la veille, je regarde avec émotion les pauvres murs, les pauvres meubles qui sont là : non qu'il y ait quoi que ce soit de délabré, bien au contraire, mais chaque chaise y est morne et nue, chaque table là pour être une table, bois clair, plastique blanc, surfaces pastel, et même les choses neuves sont de pauvres choses neuves, de pauvres choses propres, dans les murs propres de l'institution. Comme cette guitare qui sonne dans mon dos, ni belle ni mauvaise. C'est la même émotion qui me prend lors de certains mariages civils, de certains enterrements, où quelque chose de l'ordre de la surface et de la répétition jure avec ce qui se joue, et ce contraste désespéré me confond. Et tout à coup je suis perdue entre l'image poignante d'une modestie qui est aussi celle de nos institutions humaines, de leur humilité, de leur humiliation, et le sentiment d'une laideur inutile et gratuite qui offense. Ce n'est pas une laideur éclatante, c'est une sobriété sans nom, anonyme et sans histoire, où rien ne se dépose. De manière désordonnée, je pense à la beauté, faite de temps et de détails, d'irrégularités, de matières naturelles, d'énergie, je suis ridiculement traversée par des images de villes italiennes, d'églises, de peintures.

Jamais je n'ai pu reconnaître ici la Cité, seuls quelques rayons m'ont sauvée des néons, arrachant parfois les visages des pensionnaires au blanc pour leur donner quelque chose de chaud, de doré, de rond. Et au milieu de ces pauvres choses, il y avait des choses plus pauvres et plus fragiles encore, humiliées, comme cette herbe du carré de jardin emmuré, enfermée là tel un échantillon pour témoigner de la nature, ou comme la noblesse avec laquelle certains cherchaient à arranger leur chambre par de vieux meubles de bois, des couleurs, des rideaux. Et j'aimais voir ce mari qui reconduisait chaque jour sa femme dans la chambre qu'il avait décorée pour elle, pleine de velours mauve, pour border son absence et bientôt sa mort.

Je me levai et me dirigeai vers les couloirs.

Il y avait de l'espoir parmi les chambres là où encore réussissait à se former l'amorce d'une maison pour contrer le double déracinement de la maladie et de l'enfermement. J'aimais emprunter lentement cette aile et recevoir, à travers les portes entrouvertes, ces mondes qui se déployaient devant moi, incomplets et presque absurdement posés là. Par eux revenaient le passé, la classe sociale, le soin dont était entouré le pensionnaire, sa solitude et le degré de l'atteinte. C'est pourquoi ces mondes transplantés étaient à la fois en construction et en déconstruction, ils étaient la bouture et la feuille morte qui déjà se replie sur elle-même et s'effrite. Les malades y étaient peu à peu les renégats de leur propre univers, jusqu'à ce que leur présence se mette à grincer entre les murs, ou du moins c'est ce que je pensais en regardant, visite après visite, ma grand-mère entourée d'objets et de photos qui lui devenaient aussi étrangers que son propre pied cherchant le sol, moins réels peut-être que les frères et les sœurs qu'elle appelait de tous ses poumons, et qui n'avaient jamais existé.

Je passe et repasse dans ce couloir : à gauche, à droite, portes ouvertes aux quatre vents ou seulement entrebâillées, portes closes derrière lesquelles se couchent des formes mourantes et palpitantes dont aucun soupir ne parvient jusqu'à nous. La mort était bien cachée au cœur de la mort. Je vais un pas après l'autre, lentement, comme une enfant attirée par les portes. L'œil qui glisse dans l'air d'un entrebâillement, l'œil qui de toute éternité s'engouffre dans les fentes, au-devant du corps. Dans l'encadrement nu apparaît un lit vide, une chambre désertée, dont la propreté aseptique me fait frémir – cette chambre n'était-elle pas occupée la semaine dernière ? Le carrelage semblait vouloir me dire que personne n'avait jamais été là.

La mort était bien cachée au cœur de la mort. Je me demandais comment on faisait sortir les corps – à la nuit tombée, quand tous les pensionnaires de la maison ZHM étaient endormis, glissant comme d'autres endormis ? À l'aube, quand la lumière grise touchait leur joue grise ? Les mettait-on dans une boîte, un sac, un tiroir en attendant – le bâtiment avait-il ses pièces secrètes, ses morgues, ses chambres froides où les cadavres attendaient le ramassage ? Combien de fois par jour alors, par semaine, et quel véhicule ? Et tous ces lits qui couchent mort sur mort. « Quand nous allons mourir, on nous met dans le lit d'autres morts », marmonnais-je sur le seuil de la chambre vacante. Ma pensée vagabondait d'étage en étage, de porte ouverte en porte close. Je voyais l'institution se vider chaque jour des corps morts, accueillir des corps vivants, digérer des corps vivants, faire sortir des corps morts. Ma grand-mère devenue le caca de l'institution, et nous tous à sa suite. « Nous tous à ta suite, mamie ! » criais-je tout bas en arpentant les couloirs sans m'arrêter devant les portes fermées. L'hystérie guettait.

Je sentais monter une fureur dont je ne savais pas bien de quoi elle était faite. Le mécanisme qui transformait les corps en déjection était la nature elle-même – alors que pouvait-on bien attendre de la société ? me demandais-je en débouchant précipitamment sur le misérable jardinet.

J'avais besoin d'une cigarette.

***

Dehors, dans le carré d'herbe de l'enclos extérieur ZHM, je me retrouve nez à nez avec le joueur de guitare qui allume ma cigarette, cordial et presque cérémonieux, visiblement plus détendu que tout à l'heure. Cette fois-ci, c'est mon regard qui est trouble, mes yeux qui fuient. Je regarde le petit arbre de ce jardin qui ressemble à une impasse sortir ses premiers bourgeons, et je pense à quel point ça doit être compliqué de renaître ici.

« Il paraît qu'il va reneiger demain », dit le joueur de guitare d'un air contrit, fixant lui aussi les branches.

# 6

Je retrouvais mon bar où soir après soir la conversation se poursuivait, comme si mon départ avait à peine existé, dans cette bulle où toute chose était sans cesse telle que je l'avais laissée, les habitués en place, et l'ourson à sa table, la tête au ras du clavier.

« Bonjour bonjour, tu fumes une clope ? » insistais-je pour le déranger.

On prenait notre temps pour raccrocher les wagons, on se laissait aller à des rêveries. Enfin, surtout l'ourson, dans l'œil duquel se rallumait facilement cette flamme qu'on sait.

« On n'a pas encore assez donné sa chance à ce paradoxe. L'avenir, c'est le terrorisme de fin de vie. Chaises roulantes bourrées d'explosifs, visite fatale du député à la maison de retraite, etc.

– Moi tu sais, je préfère la rue. Jets de déambulateurs, cannes de combat, etc.

– Mais l'euthanasie révolutionnaire ?

– Plutôt la vie. Je vote pour la mort pépouze.

– Qu'est-ce que ça veut dire, une mort pépouze ? Tu y crois peut-être ? Mieux vaudrait proposer une pratique de mort altruiste. »

Hugo-du-soir venait s'asseoir avec nous.

« Oh ! vous êtes partis loin ! Je vous en remets un pour la peine. »

Il y avait une sève qui montait, maîtrisée par chaque gorgée. Quelque chose se jouait, se coinçait sans cesse entre l'imagination et le possible, le mouvement et la stase, le désir et la petitesse des rêves qui s'imposaient. Nous étions assis là où chaque verre, en réalité, était chargé de contenir tout ce qui aurait pu déborder – et permettait de rester amarrés au bar, à ces visages qui se reconnaissaient.

***

J'allais au travail, laissais ma vie battre sans cesse sur les mêmes touches.

Les jours s'allongeaient discrètement mais sûrement. De mon balcon, le soir, je regardais longuement les couchers de soleil s'étirer entre deux bâtiments, l'œil attiré comme dans une cheminée. Jaunes en automne, roses en hiver, et maintenant de plus en plus limpides dans un bleu de plus en plus soutenu. Je fixais le foyer jusqu'à l'extinction. C'était l'heure de l'hésitation, où rester chez moi me rongeait – l'heure de décider du repas et de la soirée. J'avais peur des fuites, dans les heures, dans les murs, des fuites nichées dans les secondes, peur qu'une incertitude ne me cloue au canapé. J'ouvrais mon ordinateur, pleine de dépit, pour une dérive tubesque ou, en désespoir de cause, pour me mettre à travailler. Je descendais précipitamment au cinéma. Ou je rejoignais mon bar, où les conversations continuaient.

« Un p'tit galo ?

– Un p'tit galo. »

De retour dans mon lit, tout se mélangeait : l'étincelle de l'alcool, la tristesse de rentrer seule en peinant dans l'escalier, une rage quelque part en travers du ventre, peut-être ces discours d'insurrection et ces lointaines rumeurs qui sentaient l'avorté. Je me couchais sur le dos, une main sur le cœur et une main sur le sexe, mais l'estomac trop lourd pour me caler dans l'obscurité. Je me réveillais parfois en panique, pensant pour me défendre à l'enfant invisible évoqué par l'Italienne au col candide, à la main ouverte, à une promesse d'amour.

J'ai décidé de passer le week-end chez moi. Assise à ma table, je prépare les haricots, et les pensées flottent tandis que j'accomplis ces gestes mécaniques. Les mains coupent du bout des doigts les petites queues. Alors que le tas diminue, que la passoire se remplit, je me laisse envahir par une grande patience. Assez rapidement les mouvements s'enraient, les queues sont dans la passoire, quelques haricots ont fini avec les déchets, je ris et il me semble soudain avoir toujours ri ainsi. C'est l'odeur d'une vieille maison qui me revient, d'un vieux soleil, d'une table ancienne. Les haricots tombent, les uns dans les autres. De petites mains, semblables aux miennes, travaillent à côté de deux toutes petites mains, les mains de mes huit ans.

Mais ces mains de ma grand-mère à leur tour en convoquent d'autres, mains rougies de la voisine chez qui j'allais m'asseoir enfant, doigts rudes et gonflés qui sentent le jardin, mains de ma mère qui s'activent dans les taches familiales alors que son esprit dérive toujours plus loin dans un lac bordé d'hirondelles, de mon père épluchant les légumes sur une feuille de journal du dimanche, ses paumes larges de paysan qui n'ont pas servi et, derrière eux, tous les autres. Mains de femmes au foyer affairées, sans cesse affairées à préparer le monde, et puis mains d'ouvriers et autres mains de paysans, des mains qui savent toucher les choses comme des choses vivantes au monde.

Les haricots tombent, les uns dans les autres. Je pense ail, tomate cerise, citron, mon corps a engagé un dialogue sans paroles avec des présences indistinctes. Je pense à ma grand-mère dans sa chambre, peut-être attachée à une chaise, et à ce geste qui la continue quand elle s'arrête.

Les souvenirs embraient comme les mains, pourtant c'est dans les mains une autre mémoire que le souvenir. Encore quelque chose que je sais faire dans une vie où je ne sais rien faire. C'est ce qui communique, rapide comme l'éclair, dans une manière de jeter le sel, de faire une tresse, de souffler sur le feu. Assise à la table étroite de ma cuisine, j'attends que le dernier haricot tombe dans la passoire comme dans un sablier dont j'aurais touché tous les grains.

C'est décidé, je retournerai bientôt dans cette vieille maison dont les haricots avaient gardé le secret.

***

Dès le lendemain matin, je réfléchis à mon départ et vint l'heure de me demander avec qui je pourrais partir et partager ce moment. L'heure du *avec qui* venait bien souvent ponctuer les jours et les projets, là où certaines activités supposaient l'autre pour prendre sens : cuisiner un bon repas, boire un verre, partir en vacances. *Avec-qui*, *avec-qui*, *avéquivéqui*, piou-pioutait mon esprit. J'aimais aller seule au cinéma, j'avais appris à me rendre seule à des fêtes, à des concerts, à flâner, à voyager dans une certaine mesure, mais malgré tout nombre de bonheurs de l'existence contenaient également, comme l'œuf contient son jaune, le fait de donner quelque chose ou de le recevoir, et certaines émotions s'évaporaient d'être vécues seule, certaines pensées stagnaient. La vie sans témoin parfois me terrassait. *Avéqui-qui-qui ?* Alors commençait la valse des hypothèses sur les amitiés qu'il était encore possible de mobiliser, alors descendre au bar prenait toute sa valeur. J'étais une petite buveuse, amicale, modérée. La présence au bar ne demandait aucun type d'aveu particulier et, quand sonnait l'heure du *qui-qui-qui*, je ne devais me justifier de rien. Car, tapie et basse, je sentais toujours sur moi le jugement, et la honte insufflée par la société aux solitaires dalleux, la honte que nous avons appris à concevoir devant chacun de nos besoins non matériels. Je pensai à la vieille maison désertée, à ma voiture restée intouchée depuis des lustres, je pensai qu'il me fallait un ou une complice. *Qui-qui-qui ?* Et de la surface du quotidien se détacha la bouille de l'ourson. Notre statut d'habitués promettant une fréquentation plus que prévisible, nous n'avions jamais pensé à échanger nos numéros. Je descendis et le trouvai à sa table. Alors que j'approchai, deux sourcils se levèrent pour dessiner un regard affable au-dessus de l'écran.

« Ça te dirait, un week-end au vert ? »

La proposition était visiblement surprenante. L'ourson rechigna d'abord, peu enclin à lâcher les rues, le café, le réseau, peu sensible disait-il aux charmes de la nature. Alors je me pris à ronronner un peu pour le convaincre. Il était nettement plus sensible, du coup, et moi, étonnée par mes propres sourires, par mes pouvoirs soudains. On partit le lendemain dans ma vieille voiture, qui moisissait tranquillement dans son parking sans plus m'attendre. Depuis les haricots, dans la nuit, je m'étais fait mille fois la route, traversée par des images mentales : tel arbre, telle table, tel chemin qui menait à la forêt. Tout un paysage d'une autre dimension, que je m'étonnais, chaque fois que j'y retournais, de trouver si proche, sur une montagne à équidistance des deux grandes villes dans lesquelles ma grand-mère et moi habitions, chacune dans son petit box. Y entrer, c'était entrer dans la quatrième dimension des haricots, des choses vécues deux fois, deux fois réelles. Au démarrage, je fis un peu parler l'accélérateur, prise par une étrange allégresse.

Parsemés autour du col de cette montagne il y avait les objets et les lieux que longtemps j'avais aimés sans m'en rendre compte, et que seuls mes éloignements successifs avaient fini par m'attacher sciemment. Ce sont les retrouvailles et leurs répétitions qui construisent les souvenirs, et ainsi de tel arbre qui tombait sur la route, de tel calvaire au nom étrange, et jusqu'au nom même de mon pays, Chartreuse, qui avait fini par m'évoquer un peu plus que les vapeurs de mes premières cuites. Et parmi ces lieux, il y avait un hameau très simple, quelques maisons regroupées autour d'une église construite sur une vieille crypte qui lui faisait comme un ventre occulte, et un lac. Ce lac était vert, une colline triangulaire s'y reflétait, et bien que je ne puisse m'y rappeler que peu de moments de bonheur, il s'était révélé année après année comme mon point de repos : l'étendue devant laquelle mon esprit s'arrêtait et décantait. Avant même d'arriver à la maison, j'avais donc décidé d'emmener l'ourson faire une balade au bord de ce lac. Et nous y étions maintenant, bavardant sur la route en laissant derrière nous le clocher sonner douze coups.

C'est comme ça que nous arrivâmes au cimetière du hameau, un petit cimetière en pente qu'on voyait de loin, bordé de murs bas, comme un enclos pour les morts. Dans l'enclos on avait fait place nette, mais tout autour s'élevaient de grands arbres, et les eaux noires du lac s'étalaient en contrebas. On se baladait entre les tombes en jetant un œil distrait aux noms et aux dates, comme ça arrive dans ces cas-là. La journée était paisible, nous étions là tout simplement, il m'a semblé que c'était un bonheur.

« J'aimerais bien être enterrée dans un endroit comme ça, dis-je à l'ourson.

– Ah bon », dit-il.

Encouragée par sa réponse laconique, j'abondais : les arbres, le vent, les bruits. Mais je n'abondais pas au point d'empêcher le silence chargé qui continuait de diffuser tout un tas de bruissements subtils, je continuais à goûter. Je nous sentais reliés, lui et moi, par l'atmosphère de l'endroit.

« Ah bon, renchérit-il, pas causant. Mais tu sais, tu seras morte.

– Oui. Et ?

– Et tu seras morte. C'est pareil, non, quand tu es mort, tout ça ? »

Il avait plu, et quelques escargots apparurent au bord du sentier de pierre blanche. J'en avais vu si peu ces dernières années que leurs petites cornes télescopiques me semblèrent presque surnaturelles.

« Pour toi être balancé dans un charnier, enterré ici ou ailleurs, chez toi ou dans un endroit inconnu, à côté d'un lac ou dans la zone industrielle entre Ikea et Mac Do, c'est pareil ?

– Ben, oui. Puis tout ça c'est des clichés, des idées. Une zone indus, ça vit autant qu'ailleurs. »

Je regardai alternativement l'ourson et les escargots. Puis mon index se leva et fit un mouvement circulaire :

« Ces arbres, là, qui font de la présence, c'est un cliché ?

– Mais le mort, il ne le voit pas, cet arbre qui bouge. Il ne bouge plus, lui.

– Ah bon, tu crois pas que les morts, ça bouge encore un peu ?

– T'en as des drôles de questions. »

Mais je tenais à mes drôles de questions :

« Vraiment pour toi, en tant que mort, la zone industrielle ça va, c'est pareil ?

– En tant que mort, ça veut rien dire.

– En tant que mort, ça veut rien dire ? criais-je.

– Ça veut rien dire ! Faut arrêter, là ! Y a pas, "en tant que mort". »

Je regardais maintenant les branches, et sentais trembler en moi une auguste colère. Les choses étaient en train de prendre un pli inattendu, aux antipodes du doux rapprochement que laissait augurer cette balade.

« Bon, laisse tomber ta mort, laisse tomber toi mort, c'est vrai qu'on s'en fout, dis-je ulcérée par ma méchanceté. Pense à quelqu'un d'autre. Pense à ta mamie, ou à ton ami, ou pense aux morts, en tant que morts LES MORTS, les morts comme ceux qu'ont toujours enterrés les vivants, la vie la mort, tout ça tout ça.

– Eh ben quoi ? Puis touche pas ma mamie, elle t'a rien demandé.

– Ben tu penses que c'est pareil, une humanité qui traite ses morts comme ci ou comme ça, qui dit qu'ils existent ou qu'ils existent pas ?

– Mais ils existent pareil, en face du Mac Do ou ici. Tu les vois même mieux en face du Mac Do, en vrai. »

Nous étions redescendus dans un silence cette fois chargé autrement, le silence qui se tait. J'avais l'impression de ne plus rien avoir en commun avec cette personne, et je me disais c'est bête, quand même, tout ça pour ça. La portière de la voiture claqua, brutale et inexplicable. La voiture démarra et nous voilà repartis sur notre petite route, jetant un coup d'œil en biais au lac qui se chargeait d'une clarté de crépuscule, sans desserrer les dents. C'était sans doute irrémédiable. Arrivés devant la maison, je me garai entre les deux arbres, coupai le moteur. Quelque chose tardait à nous sortir de l'habitacle.

« Mais t'inquiète, je vais pas les laisser t'enterrer devant le Mac Do, dit-il. Je les laisserai pas faire. »

Passé le portail, je prends les clés sur le pot et entends la vieille porte céder. Et me voilà arrivée dans la dimension des haricots : la table, le buffet, la cheminée, les casseroles accrochées au mur. L'autre paradis de ma grand-mère, celui où elle n'a pas pu mettre les pieds depuis plus d'une année, alors que son sort se joue désormais entre néons et lino plus qu'entre ciel et terre. Je fais tinter les vieilles casseroles, mets de l'eau sur le feu, et m'assois avec l'ourson sur le seuil de la porte en attendant. J'ai emmené mes farfalles et mon parmesan. Le soleil se réchauffe jour après jour et nous nous tenons yeux mi-clos comme deux bons animaux qui regarderaient la route sans en tirer de conclusion. J'étais enfin passée de l'autre côté des rails, de l'autre côté de la montagne, pensais-je. L'eau bouillait.

***

Je jette la poignée de sel, les pâtes, et je monte à l'étage en laissant l'ourson mûrir au soleil, commençant une rapide inspection des pièces. En haut de l'escalier s'ouvre la première porte. C'est une chambre où s'alignent, sur les murs blancs dont le crépi s'effrite, les visages des ancêtres paysans, des ancêtres incroyables avec châles et chapeaux, aux gros traits si lointains qu'ils sortent à peine des ombres de la photo. Dans cette chambre matrimoniale s'élèvent deux lits bateau, deux coiffeuses, deux chaises, deux tables de nuit, un espace unique et dupliqué où diffèrent, sur deux murs opposés, les portraits : deux pays, deux classes sociales et deux vies difficilement une. Mes pas me portent spontanément à gauche, vers la moitié familière où j'ai si souvent dormi, et je redresse machinalement le cadre de la Madone au-dessus du lit de ma grand-mère, comme je le fais dans la maison ZHM où elle a également tenu à accrocher, au-dessus de son lit, sa protectrice encadrée. Celle de la chambre dédoublée est particulièrement kitsch avec ses couleurs presque fluorescentes, ses anges et ses guirlandes de fleurs blanches, et ce bébé replet qui regarde, de l'autre côté de la pièce, un autre bébé des années trente : ma grand-mère elle-même, photographiée sur le mur d'en face.

À Lisbonne, dans une église, peu de temps auparavant, j'avais enfin compris ce qu'était la Vierge, et m'étais un instant laissé porter par sa puissance bénéfique et, tout autant, par son terrible enseignement. Une statue peinte de petite taille, au teint de rose, aux habits blanc et or, joint les mains. Ses yeux tombent doucement, sa tête est penchée par une extrême lassitude. C'est de la pitié qu'elle exprime, quelque chose qui rend la souffrance proche parce que vue de très loin. Le destin, la connaissance du destin et sa présence à elle, aimante et impuissante. Quelque chose qui relie ses pieds nus à sa tête couronnée.

Dans cette église de Lisbonne, j'avais pensé intensément à ma grand-mère, qui n'était pas bigote mais qui aimait la Vierge, figure concrète et tangible de sa mélancolie, témoin du bon de la vie et de son implacable destruction. J'étais hantée par sa propre scène de déposition, quelques années auparavant, à la mort de son fils.

Son entrée à la cérémonie des funérailles, soutenue et encadrée par ses deux filles, bras écartés, tête penchée comme un christ prêt à succomber ; les visages des trois femmes, déformés par une douleur qui les rendait hors d'atteinte : ces éléments et l'image qu'ils formaient m'avaient extraite de l'événement de la mort de mon oncle pour me transporter dans une autre dimension du temps, répétitive et ouverte, dans un court-circuit si flagrant qu'il m'avait semblé l'espace d'un instant voir un tableau religieux se matérialiser dans la salle, qui n'était pas une imitation mais une manifestation. Frappée très jeune par le malheur, touchée aux deux extrémités par la mort violente et identique d'un père et d'un fils, ma grand-mère avait le sens du tragique, mais c'était juste sa manière de se laisser investir par un destin. Elle l'*incarnait* comme personne d'autre.

Le bruit de l'eau qui bout me sort instantanément de ce souvenir et je reviens à la pièce où flotte encore bien autre chose que cette violence : une douceur, une forme, une pauvreté de vieilles choses conservées, et la présence intacte de ma grand-mère dans ces choses.

Je referme lentement la porte sur les deux bébés, les quatre ancêtres, les chats et les saintes. Les pâtes sont cuites : deux assiettes, de l'huile, du piment et un peu d'ail pressé dans un soleil qui amène un lointain été.

***

L'ourson et moi, nous sommes toujours assis sur le seuil, à fermer les yeux au soleil en attendant le glouglou de la cafetière. Il y a cette manière incertaine et tranquille d'être là ensemble en se tenant en retrait de tout ce qui pourrait se passer : pour l'instant, on dirait que l'insolite présence de l'un avec l'autre en ces lieux figés suffit à nous surprendre, et ces deux assiettes. Et puis sans doute il y a ce poids venu du cimetière et de ces pièces mêmes, un poids difficile à dissoudre en un mot, un geste, un sourire badin. L'engueulade du matin avait laissé comme une traînée de points de suspension sur la journée, un trop-plein de sens à ne pas démêler. Peut-être n'était-ce pas si différent, au final, de notre quotidien à la terrasse du café, de l'espace qui passe entre les tables, des regards solitaires qui se fixent et dévient, ce poids de vivre sans cesse différé et déplacé ?

Comment se tenir ensemble, lorsque rien ne nous lie ?

***

Dans la voiture du retour, le silence gagne agréablement du terrain alors que s'élève la voix de Nina Simone. C'est cette gentille mélancolie du dimanche mêlée à l'excitation de revenir en ville, la perspective d'un dernier verre avant de se quitter dans les voix du soir. Pour l'instant nous roulons sur une autoroute relativement encombrée, les réverbères semblent s'allumer un à un sur notre passage et je laisse chaque chanson dilater le temps, le ciel s'étirer dans les graves et se charger en obscurité. C'est au détour d'une de ces longues secondes que je sens sa main s'arrêter sur mon bras. Nous ne nous regardons pas.

7

Les semaines passaient et une main était entrée dans ma vie, une main d'animal ami dont je continuais à goûter sans ciller la présence, en me gardant de toute conclusion. Les nuits continuaient pour la plupart à passer solitaires, mais s'y était installé autre chose, le luxe d'une attente. Chaque contact était comme la recharge de mon corps à travers la chaleur des paumes, de la poitrine, du ventre et du sexe. C'était ce que m'offrait l'ourson, tendre et franc, sans une parole ou un sourire débordant du présent.

En remontant la couette sur mes épaules, le soir, je pensais souvent à ma grand-mère, à ces heures interdites du coucher, de l'aube et de la nuit dans la maison ZHM. Comment pouvait bien passer le temps dans sa chambre, s'il y existait encore ? Il me semblait que ces heures constituaient l'inatteignable même, qu'elles concentraient la substance insupportable de l'abandon. Je pensais à sa petite tête délirante entre les murs, face à la mort, envahie d'une angoisse préhistorique entre noir et néons.

Un jour nous l'avions retrouvée couverte de bleus, tuméfiée. Sa tête était plantée de travers sur son cou. On finit par nous dire qu'elle était tombée et avait passé une partie de la nuit au sol avant qu'on ne vienne. Une par-tie-de-la-nuit-par-terre.

J'avais dû batailler ferme pour avoir cette information, faire irruption dans un bureau et demander des comptes. L'attitude des aides oscillait, selon le moment et selon la personne, entre compréhension, douceur, agressivité et nonchalance. Ce qui arrivait en notre absence était insaisissable, irrécupérable, les heures passées souillée, attachée à la chaise en attendant d'être changée, comme les activités partagées avec les autres pensionnaires, les mains serrées.

J'étais traversée par l'idée d'une punition, d'un supplice, dont nous ne pouvions être que responsables. Il y avait de la torture à être enfermée, attachée, déplacée ou abandonnée, il y avait comme un espace vacant entre son état et ce résultat, et cette béance était le lieu de l'injustice. Je savais que cette pensée obsédait aussi ma mère, qu'elle constituait sa torture.

Un jour, elle m'avait raconté qu'en entrant dans la salle commune elle avait vu ma grand-mère attachée dans un coin, les bras tendus de toutes ses forces vers une aide-soignante au moment où celle-ci passait sans la regarder. C'était cette scène qui concentrait pour elle la substance insupportable de l'abandon. Elle avait ensuite rejoint ma grand-mère qui, les bras baissés, le regard fixe, avait murmuré : « Tu ne peux pas imaginer toute la souffrance qu'il y a dans ce monde. »

Un autre jour, alors qu'elle ne parlait déjà plus, elle avait planté ses yeux dans ceux de mon père en lui demandant subitement : « Et la charité ? »

Quant à moi, je ne sais pas et je n'ai jamais su ce qu'est la charité : je ne peux qu'attacher ses paroles l'une à l'autre, parce qu'elles retiennent peut-être le fil ténu d'une ultime expérience.

Dans ses dernières semaines de vie, ma grand-mère qui, comme je l'ai dit, n'était pas bigote, était revenue à des formes de religiosité élémentaires. La religion faisait retour par les prières qu'elle murmurait parfois quand elle était seule dans son lit, selon les dires des aides-soignantes. La religion faisait retour par la solitude, elle faisait son éternel retour par le supplice. La religion dans ce cas était l'expérience du supplice pour l'animal innocent, sa question sans réponse. Quant à moi qui n'ai jamais su ce qu'est le supplice, je ne pouvais qu'écrire en me couchant :

*Petite mamie,*
*avec tes os qui demandent*
*patience.*

Sur de tels mots j'éteignais la lumière, j'enfonçais un peu plus mon nez sous la couette, et mon dos se hérissait d'horreur et d'attente.

***

J'ai dit : je ne peux qu'attacher ses paroles l'une à l'autre, parce qu'elles retiennent peut-être le fil ténu d'une ultime expérience. Dans les dernières semaines de vie de ma grand-mère, il y eut cette pure endurance, dans le sens où endurer était sans doute devenu la forme de la vie même, sa manière d'avancer par soustraction. Mais la personne qui la vit, elle, n'est jamais soustraite, jamais moins que rien, jamais égale à zéro. Il y a toujours une personne pour souffrir. Ma grand-mère avait des moments d'une compréhension fulgurante, synthétique, de son expérience. Toujours, intègre et clignotante, une conscience était à l'œuvre.

« Tu ne peux pas savoir la souffrance
qu'il y a en ce monde. »

« Et la charité ? »

Au bout des rails, mon monde s'était rempli de ces phrases, et de visages, d'yeux qui s'allumaient, qui s'éteignaient, qui faisaient apparaître et disparaître une présence rendue plus intense, plus mystérieuse d'être intermittente. Chacun des personnages de la salle commune m'apparaissait maintenant dans cette lumière qui n'était pas crue ni cruelle, et qui pourtant l'était aussi. Ils étaient là, et pas un qui vaille plus que l'autre à cette orée de l'existence : une parole était une parole, la destruction était la vie. Mais il y avait encore cet Ehpad, cette banlieue, et cette directrice qui m'avait caché quelque chose.

***

Il y a toujours une personne pour souffrir.

Quelques années plus tard, je croiserais sur un chemin de campagne un sympathique aide-soignant indépendant qui avait travaillé dans cet Ehpad. Il arrivait certains matins pour son abattage de toilettes, comme il l'appelle désormais devant moi en souriant poliment, au bord de cette route où ma grand-mère, morte désormais, s'était si souvent promenée. Je connaissais l'acronyme VMC, visage-mains-cul, sans doute l'essentiel d'une personne pour ce qui est de son contact avec la surface du monde, montées ensemble dans une drôle de chimère pour les besoins de la tarification à l'acte. Je regardais son jeune visage en pensant au gant qui frottait les vieilles fesses. Avec les vieilles fesses aussi on fait du quantitatif, ainsi l'aide-soignant fait la toilette humainement rugueuse : « Je ne suis pas maltraitant mais je ne fais plus de relationnel », dit-il. Il y a des vieilles personnes qui disent « Aïe ». Je repense aux aides qui baissaient les yeux quand on leur demandait des comptes sur les bleus de ma grand-mère, et je pose quelques questions supplémentaires. « C'est tout neuf hein, c'est magnifique ce bâtiment, c'est bête avec ce qui s'y passe », dit l'aide-soignant en me serrant chaleureusement la main.

Ainsi ce n'est que bien plus tard, après cette rencontre, que j'ouvrirais de nouveau les mille fenêtres de l'ordinateur pour comprendre, non plus la maladie de ma grand-mère mais les secrets du lieu où elle avait passé ses derniers jours. Et y avait-il encore quelque chose à comprendre ? Il suffisait désormais de lire les journaux.

Au moment de la maladie de ma grand-mère, j'y pensais, la nuit, dans les trous des journées, sans cesse distraite et surtout dépassée. Au bureau, alors que nous clapotions, mes collègues et moi, dans la digestion du midi, ou alors le soir, au moment où je traînais pour partir en regardant par la fenêtre l'arbre de la cour qui, comme celui de la maison ZHM, mettait ses bourgeons dans une impasse, dans la lumière tombante. Je le regardais avec pitié, avec gratitude, avec indignation, je pensais à ma grand-mère, et je me sentais boire la tasse. La colère se logeait sans doute dans cette dépossession à laquelle nous consentions comme on consent à un impossible. Ma colère se logeait dans le nœud de ces consentements par lesquels peu à peu, comme ici, l'institution s'était changée en administration, mais de ce phénomène je ne percevais alors que la surface sensible. J'aurais voulu pouvoir recréer une fin de vie, ses bâtiments, ses habits, pour ma grand-mère, avec plus de chants et moins de châtiments. Un totem, plutôt qu'un tabou, me répétais-je sans trop savoir ce que je cherchais dans ces syllabes. J'aurais voulu pouvoir faire quelque chose contre tous ces murs, et pour les bleus de ma grand-mère, infime partie d'un tout qui m'engloutissait – et je répondais à un mail, et me noyais dans un Powerpoint, et je commandais :

« P'tit galo ?

– P'tit galo. »

***

L'ourson m'avait attendue derrière son écran, et Hugo-du-soir, derrière son bar, m'ouvrait un large sourire. Le lendemain, c'était décidé, je repartirais vers la gare, boule de flipper éjectée par mes propres inquiétudes. Mais ce soir-là, je comptais plutôt donner corps à la submersion, profitant de la compagnie.

« P'tit galo ?

– P'tit galo. »

Je faisais de mon mieux, ravalant une gorgée après l'autre les bourgeons bétonnés, colère et consentement liés, quand tout un attroupement silencieux passa devant la terrasse, remontant la rue, un curieux attroupement sans banderoles ni pancartes, sans explications, de personnes avec ou sans uniformes, en blanc, en jaune, en vert, en violet, vieux et vieilles, jeunes en chaise roulante, étudiants et étudiantes, un groupe vêtu de noir, et même quelques étudiants-zombies qui devaient passer par là par hasard, trop bourrés pour fendre le flot. Tous levaient haut des torches. Vers où se dirigeait ce cortège ? Toujours à mon obsession et par ailleurs bien entamée, je me dis que ça aurait de la gueule, un enterrement avec tous ces gens vêtus de noir, et ces tambours et ces flambeaux.

« L'alliance adolescents-retraités ? sourit l'ourson d'un air entendu. C'est peut-être pour bientôt. C'est beau, les torches, et puis on peut faire tant de choses avec ! » ajouta-t-il, incorrigiblement.

Il s'en passait, des choses, pensais-je : je n'y comprenais rien, mais j'étais ravie. Je vis comme dans un rêve l'ourson se lever à la suite des flammes et se fondre dans le noir, m'oubliant sur la chaise dont, galos aidant, je galérais à sortir. Le feu fit briller une dernière fois son bomber et ses boucles d'oreilles. Je le regardai s'éloigner, les lunettes remplies de cette lueur jaune et chaude, divaguant devant mon verre sur un slogan à base de totems et de tabous.

« Ne m'attendez pas, j'arrive... » murmurai-je tandis qu'Hugo nettoyait les tables en me surveillant du coin de l'œil.

Mais c'est à peine si j'arrivais chez moi, une heure après, au terme d'une ascension toujours plus pénible de l'escalier, le long des couloirs gris et des vitres courbées qui tanguaient. Je ruminais des visages et des mots, les nuits recluses de ma grand-mère et les lumières que j'avais vues flotter dans la rue, la bouille requinquée de l'ourson s'éloignant du bar, les yeux pleins d'étincelles dorées, à la suite du cortège.

« Il m'a laissée là ! pleurnichais-je au téléphone avec l'amie-chat, ouvrant inexplicablement une dernière bière et mon ordinateur.

– Articule un peu ma chérie, je ne comprends pas. C'est quoi cette histoire de torches ?

– Je sais pas... il m'a laissée là et je suis coincée dans cet appart. Je suis coincée ici à attendre que ma grand-mère meure ! pleurais-je désormais franchement.

– Dessoûle et sors.

– Mmmh. J'arrive demain matin. »

Je n'avais pas le cœur à tirer cette affaire de cortège bizarre au clair, ni les capacités motrices. La bière m'avait clouée où elle devait. « Dessoûle et sors », murmurai-je pourtant en m'écroulant en travers du lit. Le premier éclair de rêve me montra les gens en noir, groupe compact, remonter l'avenue en courant avec ses flambeaux et s'engouffrer dans le cimetière. Ils s'y fondaient entre les tombes comme des lumignons, puis ce fut la nuit.

Le lendemain matin, je repris mes esprits. J'étais dans le train. Mes lunettes se reflétaient dans la vitre, en surimpression de ma montagne.

« Dessoûle et sors », pensais-je en sortant du tram, alors que la maison ZHM se dressait devant moi, plastique sur béton.

Je redresse la Madone au-dessus du lit de ma grand-mère. Celle-ci n'était pas aussi fluorescente, son bébé avait disparu et un bleu profond débordait jusque dans ses paumes ouvertes en signe de grande douleur. Je m'assois. Mes séjours ici ressemblaient de plus en plus à de longues séances de méditation, car ma grand-mère n'avait plus l'air de se rendre compte que quelqu'un entrait ou sortait, et son état n'avait plus rien ni du sommeil ni de l'éveil. Je lui touchais les pieds, les mains, le front, recoiffais un peu sa frange, redressais la Madone puis je m'asseyais, souvent avec dans les mains une vague lecture dont les phrases se mélangeaient au fil de mes pensées.

Et de nouveau, comme si je m'étais interrompue la veille, j'étais hantée par sa propre scène de déposition, quelques années auparavant, à la mort de son fils. J'ai dit : ce n'était pas une imitation, mais une manifestation. Qu'est-ce qui se manifestait là ? Quelque chose de rare, qui me déstabilisait profondément, m'inspirant terreur et respect : un moment d'écroulement total, asocial, le spectacle d'une violence intérieure en train de se produire à la face du monde. Toute idée de tenue, de dignité, de résistance, avait été momentanément abandonnée, alors que dans la salle, pendant de longues secondes feutrées, se propageait une onde de choc. Ma grand-mère avançait portée par ses deux filles, et ses jambes se pliaient bizarrement. Elle semblait à peine consciente, et le visage de ses accompagnatrices ressemblait à un éboulement. C'est ainsi que le tableau se déplaçait dans la pièce, comme dans une chute horizontale.

Oh non, avais-je pensé, car dans un sursaut je m'étais demandé si tout cela était bien acceptable : l'écroulement, la catastrophe. Un mécanisme induit parlait en moi par lequel il n'y avait pas de place assignée à ce qui était en train de se produire. Si je n'avais pas été si stupéfaite, peut-être aurais-je eu honte. Ce mécanisme participait du même phénomène social qui avait fait dire à une amie, le jour de l'enterrement de son père, son sentiment d'absurdité : « Ton père meurt et on te demande de préparer un diaporama sur une clé USB et de choisir des chansons. Ce que je voudrais vraiment, c'est me mettre sur la place publique avec des pleureuses et hurler en tirant sur mes cheveux ! Voilà ce que je voudrais vraiment. »

***

Je reviens à ce corps allongé sur le lit, où le dur prend de plus en plus de place à mesure que les chairs et les muscles s'amenuisent : les os, les dents, les nœuds des tendons – et pourtant ma grand-mère a toujours cette peau douce que je lui enviais, enfant, quand je lui demandais quand j'aurais moi aussi une belle vieille peau fripée. Et de nouveau je prends sa main : une petite main enfantine, que j'ai toujours sentie dans la mienne comme une égale, une main aux ongles ronds, ourlés de croissants de lune. Je m'émerveille qu'il s'agisse toujours de sa main, évidente comme l'est encore son être que je vois sans jamais s'annuler traverser et enchaîner les métamorphoses. Cette main contient donc tout ce qui a été : mes étés, son enfance conservée, son énergie de jeune fille et son délabrement de mourante, et peut-être, ma propre mort. La dépliant doucement, je regardai la paume comme on observe la souche d'un arbre, suivant du doigt les sillons contenant les lignes de son temps jusqu'au mien situé quelque part à côté de sa main, dans le prolongement invisible d'une ligne, d'une ride, d'une pliure de sa peau.

Puis la porte s'ouvrit grand et la femme au verre d'eau surgit dans la chambre. Elle braqua d'abord les yeux vers moi et je vis ses doigts s'avancer en tortillant pour m'attraper : « Madame Madame Madame ! » Je prenais désormais ses approches avec autant de phlegme que possible, mais je fus malgré tout si surprise que je posai instinctivement la main sur la jambe de ma grand-mère, qui me fit l'impression d'un bâton. Toutes ces dames étaient vraiment de vieilles branches rampantes, cassantes, noueuses et tendineuses. Le regard de la femme au verre d'eau s'était déplacé vers la petite forme contractée de ma grand-mère, qui partit dans un de ses râles spectaculaires.

« Oh oui, oh oui. Elle va mourir. Mais c'est horrible ! Oh, mais regardez-moi ça ! Madame, arrêtez de crier comme ça, vous allez mourir ! »

Elle plaqua ses mains en avant comme pour l'arrêter, les yeux écarquillés.

« Oh, regardez comme elle est moche, c'est affreux. C'est affreux, arrêtez ! Arrêtez ! Arrêtez. »

La femme au verre d'eau recula jusqu'à refermer hermétiquement la porte derrière elle. Tiens, on dirait qu'elle a vu un fantôme, aurais-je voulu rire : mais je savais bien ce qu'elle avait vu, et je savais qu'elle avait raison.

Je me suis installée ici quelques jours. Nous nous relayons dans l'incertitude finale. Le temps a cessé de tourner. Assise au bord du lit, je veille ma grand-mère en proie à l'une de ces crises où dans l'immobilité tout tremble et bascule et semble sur le point de se rompre. Tétanisée sur l'oreiller, les yeux bleus translucides à demi ouverts, elle précipite dans un non-lieu de la conscience. Sa respiration presse contre les dents découvertes, et ses lèvres appellent parfois les noms des disparus, comme des mains d'aveugle cherchant à tâtons un appui dans un monde étranger où elle se serait retrouvée catapultée. Ses membres sont gelés par un effroyable courant d'air qui l'enveloppe dans une noirceur de poix. Peut-être. Car bien que je lui tienne la main, je la vois dans la solitude la plus radicale qui soit, celle où les amarres sont rompues alors que l'énergie vitale erre encore à toute allure à travers le corps et l'esprit. Je ne peux pas trouver ce chemin, l'imaginer, l'imager. Je regarde ce corps de trente kilos, couvert de bleus, qui a désormais passé une frontière où toutes les formes de détermination, jusqu'à l'âge, jusqu'au sexe, ont disparu. C'est la vie qui se tient nue devant moi, au plus nu de sa forme, où quelque chose, justement, subsiste encore.

*Je me suis trouvée devant toi qui étais réduite à presque rien. Ce presque rien était tout ce qu'il y avait, tout ce qu'il y a, tout ce qu'il y aura jamais à voir.*

Lentement ma pensée qui ne pensait plus est revenue vers le monde et a tourné autour pour constater que la seule réalité tangible était cette flammèche de femme déposée sur le lit, sa présence contre la mienne, sa vie encore située près de la mienne, et l'irradiation qu'elles produisaient dans la poussière ici plus rare et là plus dense de la matière.

*Cette maison n'existait presque plus et tout était donné en une fois.*

*J'ai regardé mes mains, j'ai regardé encore une fois les tiennes. C'étaient les mêmes, mêmes et uniques. Je me suis vue telle que je te voyais.*

Une drôle de paix est descendue sur la radieuse réalité en miettes.

Pour la première fois de ma vie il m'a semblé que tout était à sa place et j'ai compris ce que quelques livres m'avaient dit et que je n'avais jamais vécu et donc jamais su : la liberté s'éprouve face à la mort.

Je suis sortie de l'Ehpad et j'ai marché un peu dans cette rue moche où ma grand-mère finissait sa vie. Il me restait cette colère dans toute la paix de me savoir être, parmi tous les autres, ce que j'avais vu sur ce lit. Devenir folle et mourir dans du plastique.

Une bougie s'alluma dans mon esprit, pour veiller toutes ces morts-là, ou peut-être était-ce une torche ?

Je suis dans la chambre de ma grand-mère, je m'apprête à partir. Pendant l'après-midi on a fait un tour dehors, on a mangé la compote, et pas une fois je ne me suis dit qu'elle me reconnaissait peut-être, qu'elle pouvait « revenir ». Alors que je m'apprête à sortir, que je l'ai déjà embrassée et que je lui jette un dernier regard, elle me regarde, tout à fait calme, droit dans les yeux et me dit : « Profite. » Ce mot qu'elle m'a répété tant de fois depuis que je suis en âge d'être libre. Elle ajoute : « Profite du temps perdu. »

« Profite. Profite du temps perdu. »

# Notes

P. 54, la référence et les citations sont tirées de Julia Burtin Zortea, « Vouloir durer, c'est apprendre à mourir », *Panthère Première*, n. 1, automne 2017.

P. 62, « Et l'un était un homme, et l'autre était une femme » est un vers de *La Libellule*, d'Amelia Rosselli, trad. Marie Fabre, Paris, Ypsilon, 2015.

P. 85, la citation est tirée du film *Sans soleil*, de Chris Marker (1983), dont le texte est disponible sur le site https://chrismarker.org

COMPOSITION ET MISE EN PAGES
NORD COMPO À VILLENEUVE-D'ASCQ

CET OUVRAGE A ÉTÉ ACHEVÉ D'IMPRIMER
SUR ROTO-PAGE
PAR L'IMPRIMERIE FLOCH À MAYENNE
EN DÉCEMBRE 2022

N° d'impression : 101455
Dépôt légal : janvier 2023
*Imprimé en France*